난센스 노벨

Nonsense Novels

Stephen Butler Leacock

Nonsense Novels

난센스 노벨

스티븐 리콕 지음 · 허선영 옮김

RAINBOW PUBLIC BOOKS

차 례

1화. 여기 해초에 묻히다

(광활한 바다 위 대혼란)

내가 그레이브젠드(템스강에 맞닿아 있는 잉글랜드 동남부의 항구도시-옮긴이) 부두에 정박한 '소시 샐리'호의 이등 항해사로서 그 배의 갑판에 발을 디딘 것은 1X67년 8월이었다.

우선 내 소개를 간단히 해 보겠다.

나는 키가 훤칠하고 어깨가 떡 벌어진 건장한 체격의 젊은 청년이다. 피부는 해와 달빛에 그을려 갈색에 가까웠는데, 밤에는 별빛까지 더해져 때로는 구릿빛으로 보이기도 했다. 얼굴에서는 정직함과 총명함, 뛰어난 지적 능력이 기독교 신앙과 소박함, 겸손함과 잘 어우러진 분위기를 풍겼다.

갑판에 올라서서 돛대 옆 타르(배와 돛의 방수 처리를 하는 데 사용함-옮긴이) 통에 비친 내 모습을 보니 의기양양한 기분이 들었다. 배 밑바닥에 고인 물을 담은 양동이에 내 모습이 다시 비치자 이번에는 억누르기 힘들 만큼 만족감이 밀려왔다.

"승선을 환영하네, 블로우하드(blowhard, 허풍쟁이라는 뜻임-옮긴이) 군."

빌지(bilge, 터무니없는 이야기라는 뜻임-옮긴이) 선장이 나침반이 올려진 받침대 책상에서 물러 나와 선미 난간 위로 손을 내밀어 악수를 청하며 말했다.

내 앞에 서 있는 선장은 서른에서 예순 사이의 건강한 선원처럼 보였다. 커다란 구레나룻, 무성한 턱수염과 두꺼운 콧수염만 빼면 깔끔히 면도한 얼굴이었다. 체격은 건장하다 못해 엉덩이가 거대해서 그가 입은 넓은 바지 뒷면에다 영국 해군의 역사를 모조리 쓸 수 있을 정도였다.

선장 옆에 있던 일등 항해사와 삼등 항해사는 둘 다 키가 작고 말이 없었으나, 어딘지 모르게 불안한 눈빛으로 빌지 선장을 보는 것 같았다.

배는 출항 직전이었다. 갑판에서 펼쳐지는 부산스럽고 민첩한 움직임은 선원들에게 소중한 장면이 아닐 수 없다. 선원들은 분주히 돛대에 못질하고, 돌출 장대를 고정하는 밧줄을 옆면에 단단히 매었으며, 바람이 불어오는 쪽의 갑판 배수구에 광택제를 바르기도 하고, 갑판 승강구 계단에 뜨거운 타르를 붓기도 했다.

빌지 선장은 입에 확성기를 대고 뱃사람다운 거친 말투로 선원들에게 계속 소리를 질렀다.

"자, 자, 너무 무리하면 안 된다, 제군들. 명심해라, 우리는 앞으로 긴 시간을 항해해야 한다. 가능하면 햇빛을 피해라. 존스! 거기 삭구(돛, 돛대, 로프 등의 총칭-옮긴이)를 밟을 때 조심하라고. 자네가 작업하기 좀 높지 않나 싶은데. 쯧쯧, 윌리엄스! 타르를 그렇게 뒤집어쓰다간 도저히 봐줄 수 없는 지경이 될 거야."

나는 커다란 돛대 기둥에 몸을 기대고 서서 생각에 잠겼다. 나는 그때 어머니를 생각하고 있었다. 그 점에 관해서는 내 말을 있는 그대로 믿어주기를 바란다. 상황이 비관적으로 흘러갈 때면 나는 무엇이든 기대고 서서 어머니를 생각한다. 상황이 명백하게 암울해지면, 나는 한 발로 서서 아버지를 생각한다. 그런 다음에는 어떤 일이든 맞닥뜨릴 수 있다.

"조금만 참아, 자기야." 그녀가 내 방수복 아래 얼굴을 파묻고 소녀처럼 슬픔에 겨워 뒤꿈치를 뒤로 걷어찰 때, 내가 속삭였었다. "5년 후면 항해도 끝이야. 아니 3년이면 될 거야. 중고 그물을 살 정도만 돈을 벌어 돌아오면 함께 바닷가에서 정착할 수 있을 거야."

그러는 동안 배의 출항 준비가 다 끝났다. 돛대는 모두 제자리에 있었고, 돛은 다 못질이 되었으며, 도끼를 든 선원들이 분주히 건널판(배와 부두 사이에 걸쳐 놓은 판-옮긴이)을 쳐내고 있었다.

"다 준비됐나?" 선장이 외쳤다.

"네, 선장님!"

"그럼 닻을 배 위로 올려라."

닻을 올려라! 출항의 마지막을 장식하는 슬픈 의식이다. 항해를 나갈 때마다 이 장면을 얼마나 많이 보았던가! 각자의 집으로부터 머나먼 여행을 떠날 사내들이 슬픈 얼굴로 서 있었다. 그들은 마치 이상한 주문에라도 걸린 듯 꼼짝도 하지 않은 채 닻이 올라가기를 기다리고 있었다.

다음 날 아침 선미에 순풍이 불어 우리는 영국의 모퉁이를 부지런히 돌아 영국해협으로 접어들었다.

한 번도 본 적 없는 이들을 위해 말하건대, 영국해협보다 더 멋진 볼거리는 없다. 세계의 고속도로와 다름없는 곳이다. 네덜란드, 스코틀랜드, 베네수엘라, 심지어 미국을 비롯한 각국의 배들이 영국해협을 오르내린다.

중국의 정크선도 이리저리 바삐 움직인다. 전함, 모터 달린 요트, 목재를 실은 뗏목까지 여기저기 보인다. 여기에 짙은 안개가 깔려 한 치 앞도 보이지 않는다면, 그 웅장한 장면을 충분히 그려볼 수 있을 것이다.

이제 바다에 나온 지 3일째가 되었다. 난생처음 겪은 멀미가 사라지고 나자 아버지 생각이 덜 났다.

3일째 되는 날 아침 빌지 선장이 내 선실로 내려와 말했다.

"블로우하드 군. 당직근무를 두 배로 해 줘야겠네."

"무슨 일입니까?" 내가 물었다.

"다른 두 항해사가 모두 바다에 추락했다네." 선장이 내 눈을 피하며 불안한 목소리로 말했다.

"알겠습니다, 선장님." 이렇게 말하며 임무를 감수했지만, 두 항해사가 모두 같은 날 밤 바다에 추락했다는 사실이 조금 이상하다고 생각했다.

어떤 미스터리가 있는 것이 틀림없었다.

이틀 후 아침 식사 테이블에 나타난 선장은 저번처럼 무언가 숨기는 것 같으면서도 불안한 눈빛이었다.

"무슨 일 있습니까, 선장님?" 내가 물었다.

"그렇다네." 선장이 평정심을 찾으려 안간힘을 쓰는 듯 손가락으로 달걀프라이를 잡고 두 조각으로 부서질 만큼 신경질적으로 이리저리 비틀었다. "유감스럽게도 갑판장이 실종되었네."

"갑판장이요?" 내가 깜짝 놀라 외쳤다.

빌지 선장이 더 조용히 말했다. "그래, 바다로 추락했네. 일부는 내 탓도 있어서 자책하고 있다네. 오늘 아침 이른 시각이었지. 내가 갑판장을 뒤에서 붙잡고는 빙산을 좀 살펴보라고 시켰네. 그런데 뜻하지 않게 그만 갑판장을 놓쳐버렸지 뭔가. 단언컨대 그건 우연이었네."

내가 물었다. "빌지 선장님. 갑판장을 구하려는 조치는 취하지 않으셨습니까?"

"아직 안 했네." 선장이 불안한 목소리로 대답했다.

나는 그를 한참 노려보았지만, 선장은 아무 말도 하지 않았다.

열흘이 흘렀다.

미스터리는 점점 짙어져 갔다. 목요일에 우현 불침번 두 명이 실종되었다는 보고가 있었다. 금요일에는 목수의 조수가 실종되었다. 토요일 밤에는 비록 사소하긴 하지만 무슨 일이 일어나고 있는지 실마리를 찾을 수 있는 상황이 발생했다.

내가 자정쯤 조종실에 있을 때, 어둠 속에서 선장이 선실 승무원의 뒷다리를 끌고 가까이 다가오는 모습이 보였다. 그 청년은 성격이 명랑하고 쾌활해서 내가 각별히 예뻐하던 녀석인지라 선장이 무슨 짓을 하는지 눈여겨보았다. 배의 선미에 도달하자 빌지 선장은 잠시 조심스레 주위를 살피더니 청년을 바다에 떨어뜨렸다.

청년의 머리가 파도 속에서 광을 내는 물질 때문에 아주 잠깐 반짝이다 사라졌다. 선장은 청년이 빠진 바다에 부츠를 던지더니 한숨을 깊이 내쉬고는 선실로 내려갔다.

미스터리의 비결이 바로 여기에 있었다! 선장이 선원들을 바다에 빠뜨린 것이다. 다음 날 아침 우리는 평소처럼 아침 식탁에서 만났다.

"불쌍한 윌리엄스가 바다에 추락했네."라고 말하며 선장은 긴 베이컨 조각을 손으로 잡고 먹으려는 듯 이로 거칠게 뜯어냈다.

"선장님!" 크게 흥분한 나는 감정을 억누르지 못하고 칼을 빵 덩어리에 거의 박아 넣듯이 난폭하게 찌르며 소리쳤다. "선장님이 윌리엄스를 바다에 빠뜨리지 않았습니까!"

빌지 선장은 갑자기 풀죽은 목소리로 대답했다. "맞네. 내가 선원들을 모두 바다에 던졌고, 나머지도 던져 버릴 생각이네. 잘 듣게, 블로우하드 군. 자네는 젊고 야망도 있고 믿을만한 사람이니 내가 다 털어놓음세."

이제는 제법 차분해진 선장이 자신의 사물함으로 다가가 잠시 안을 뒤진 후 색이 바랜 누런 양피지 한 장을 꺼내 테이블 위에 펼쳤다. 종이는 지도나 해도처럼 보였는데, 한가운데에 원이 있었다. 원의 가운데에는 작은 점과 T라는 글자가 있었고, 지도의 한쪽 끝에는 N이라는 글자가, 반대편에는 S라는 글자가 있었다.

"이게 뭡니까?" 내가 물었다.

"뭔지 모르겠나? 무인도라네."

"아!" 갑자기 직감이 발동한 나는 대답했다. "그러면 N은 북쪽이고, S는 남쪽이겠군요."

"블로우하드 군!" 선장이 소리치며 테이블을 어찌나 세게 내리쳤던지 빵 덩어리가 식탁에서 위아래로 서너 번쯤 튕겼다. "자네가 알아냈군. 그 부분은 나도 전혀 모르겠던데 말이야."

"그럼 T라는 글자는요?" 내가 물었다.

"보물이지, 숨겨진 보물 말일세." 선장이 대답하며 지도를 뒤집어 뒷면에 쓰인 글귀를 읽었다.

T라는 지점은 모래 아래

보물이 묻힌 곳을 가리킨다.
보물은 스페인 화폐로 50만 달러이며,
갈색 가죽으로 된 옷 가방 안에
담겨 있으리니.

"그렇다면 그 섬은 어디에 있습니까?" 나는 몹시 들뜨고 흥분하여 물었다.

"그건 나도 모르네. 발견할 때까지 같은 위도에서 양옆으로 왔다 갔다 할 참이었네."

"그럼 이제 어떻게 하실 겁니까?"

"그때까지 제일 먼저 해야 할 일이라면 보물을 나눌 인원이 적어지도록 선원들의 숫자를 줄이는 거지. 이보게…"

그다음 선장이 덧붙인 말은 너무나 솔직해서 그간 보인 결함에도 불구하고 그를 사랑할 수밖에 없었다.

"자네도 이 일에 동참하겠나? 요리사만 남겨놓고 나머지 선원을 모두 바다에 던져버리는 거야. 보물을 발견하면 우린 남은 평생을 부자로 살 수 있네."

내가 동참하겠다고 했다면 나를 비난할 텐가? 나는 젊고, 열정적이고, 야망이 있었으며, 밝은 희망과 사내다운 열정으로 충만했다.

나는 손을 선장에게 내밀며 말했다. "빌지 선장님. 분부 받들겠습니다."

"좋아. 그럼 선실로 가서 선원들이 무슨 생각을 하는지 염탐해오게."

나는 선원들의 숙소로 향했다. 선원들의 숙소는 배의 전면부에 있는 평범한 방이었다. 바닥에는 거친 카펫이 깔려 있고, 소박한 안락의자와 책상 몇 개, 평범하게 생긴 타구가 놓여 있었다. 작은 놋쇠 침대들 앞에는 파란색과 초록색 발이 드리워 있었다. 일요일 아침이라 선원들은 거의 잠옷 차림이었다.

내가 안으로 들어가 한쪽 다리를 뒤로 살짝 빼고 무릎을 굽혀 숙녀처럼 인사하자 선원들이 자리에서 일어났다.

갑판장 조수인 톰킨스가 말했다.

"항해사님. 선원들 불만이 하늘을 찌른다고 말씀드리는 것이 제 의무인 것 같습니다."

서너 명의 사내들이 고개를 끄덕였다.

“선원들이 계속 물에 빠지는 게 아무래도 석연치 않습니다.” 그는 화가 치밀어 오르는지 목소리를 한껏 올려 말했다. “완전히 터무니없는 일입니다. 이렇게 말씀드려도 괜찮을지 모르겠지만, 선원들이 지금 매우 분노하고 있습니다.”

내가 준엄하게 대꾸했다.

“톰킨스. 이런 식의 반항적인 표현은 용납할 수 없네. 내 입장을 이해하길 바라네.”

나는 선장에게 돌아가 전했다. “선원들이 폭동을 일으킬 것 같습니다.”

빌지 선장이 손을 문지르며 말했다. “잘됐군. 폭동이 일어나면 그걸 빌미로 많은 인원을 제거할 수 있을 테니. 그리고 물론…”

그가 선실 뒷부분에 있는 둥근 창으로 남대서양의 넘실거리는 파도를 내다보며 잠시 생각에 잠겼다가 덧붙였다.

“언제든지 해적이 올 것이라 예상하네. 그러면 또 꽤 많은 선원을 없앨 수 있겠지. 하지만…”

이 대목에서 선장은 벨을 눌러 선실 승무원을 부르더니 말했다. "톰킨스에게 가서 정중하게 이쪽으로 오라고 전해라."

갑판장 조수가 들어오자 선장이 말했다.

"톰킨스, 사물함 위에 올라가서 둥근 창으로 고개를 내밀고 날씨가 어떤지 내게 말해 주겠나?"

"네, 알겠습니다. 선장님." 톰킨스가 아무 의심 없이 대답하자 우리는 조용히 미소를 주고받았다.

톰킨스가 사물함 위로 올라가 창밖으로 고개와 어깨를 내밀었다.

우리는 톰킨스의 다리를 하나씩 붙잡고 밖으로 밀어 버렸고, 곧 그가 바다에 첨벙 빠지는 소리가 들렸다.

빌지 선장이 말했다.

"톰킨스는 쉬웠네. 항해일지에 그의 죽음을 기록하러 내 잠시 다녀오겠네. 물론, 선원들이 폭동을 일으킨다면 큰 도움이 될 거야. 조만간 그러리라고 생각하네만, 그렇게 하는 것이 관례이기도 하지. 하지만 우리가 해적을 만날 때까지는 폭동을 촉발할만한 일은 하지 않을 생각이네. 이맘때쯤이면 이 위도에 항상 해적이 출몰하니까 말일세. 그때까지는 블로우하드 군." 선장이 자리에서 일어나며 덧붙여 말했다. "매주 한두 명 정도만 자네가 계속 바다에 빠뜨려준다면, 고맙기 그지없겠네."

3일 후에 우리는 남아프리카 공화국 서남쪽 끝에 있는 희망봉을 돌아 잉크처럼 새까만 인도양에 접어들었다. 우리가 가야 할 항로는 지그재그 형태지만, 날씨가 호의적이라 거울처럼 잔잔한 바다 위를 맹렬한 속도로 이리저리 항해했다.

4일째 되던 날, 해적선이 나타났다. 해적선은 제아무리 강심장이라 해도 간담이 서늘해질 수밖에 없는 모습이었다. 배 전체가 까맣게 칠해져 있고, 돛대 꼭대기에는 검은 깃발이 나부끼고 있으며, 돛은 전부 검은색인 데다 갑판 위에는 검은 옷을 입은 해적들이 서로 팔짱을 낀 채 이리저리 걸어 다녔다.

'해적선'이라는 단어가 뱃머리에 하얗게 칠해져 있었다. 해적선을 보자마자 우리 선원들은 눈에 띄게 겁을 먹었다. 개조차도 겁을 먹을 만한 광경이었다.

두 배가 옆으로 나란히 붙었다. 배가 가방끈과 새끼줄로 서로 단단히 묶였고, 가운데에 널빤지가 놓였다. 순식간에 해적들이 눈알을 굴리고 이를 갈고 손톱을 줄질하며 우리 배의 갑판으로 몰려들었다.

그리고는 싸움이 시작되었다. 점심시간 15분을 포함하여 두 시간 동안 계속된 싸움은 그야말로 끔찍했다.

남자들은 서로 멱살을 잡고 싸웠고, 뒤에서 걷어차기도 했으며, 서로 얼굴을 후려갈기기도 했다. 완전히 이성을 잃고 서로 물어뜯는 경우도 허다했다.

거인처럼 덩치 큰 녀석 하나는 동에 번쩍 서에 번쩍 돌아다니며 매듭진 수건으로 우리 선원들을 후려쳤다. 그러자 빌지 선장이 그에게 돌진하여 바나나 껍질을 입에 명중시켜 그를 납작 때려눕혔다.

싸운 지 두 시간이 될 무렵, 서로의 동의하에 무승부가 선언되었다. 점수로 따지자면 61.5대 62였다.

우리는 두 배를 묶은 줄을 풀었고, 양쪽 배에서 만세삼창을 외친 후 각자 가던 길로 항해를 계속했다.

선장이 내 옆으로 살짝 오더니 말했다.

"자, 이제 바다에 쉽게 내던질 만큼 탈진한 선원이 몇

이나 되는지 보세나.”

선장이 아래 선실로 내려갔다. 몇 분 후에 다시 돌아온 선장의 얼굴은 매우 창백했다.

“블로우하드 군, 배가 가라앉고 있네. 해적 중 하나가 배 옆면을 차서 구멍이 났네. 물론 순전히 우연일 테니 아무도 비난하지는 않네만. 고인 물의 깊이를 재 보세나.”

우리는 고인 물에 귀를 갖다 댔다(sound가 ‘소리가 들리다’라는 뜻과 ‘수심을 재다’라는 뜻이 있음-옮긴이). 물소리만 났다.

선원들은 펌프를 가져와서 미친 듯이 물을 퍼냈다. 그 노력으로 말하자면 가라앉는 배에서 익사할 위기를 겪어본 사람만이 이해할 수 있을 고군분투였다.

오후 6시에 고인 물은 1/2인치(1인치는 2.54센티임-옮긴이)였고, 해 질 무렵이 되자 3/4인치였으며, 끊임없이 밤새 물을 퍼냈음에도 동틀 무렵에는 7/8인치가 되었다.

다음 날 정오쯤 물은 15/16인치가 되었고, 그날 밤에는 고인 물의 깊이가 31/32인치가 되었다. 상황이 절박했다. 이런 속도로 물이 계속 불어난다면 며칠 후에는 어디까지 차오를지 아무도 알 수 없었다.

그날 밤 선장이 자기 선실로 나를 불렀다. 선장 앞에는 수학에 관련된 표가 가득한 책이 놓여 있었고, 분수가 쓰여 있는 커다란 종이가 바닥 여기저기에 흐트러져 있었다.

선장이 말했다. "배가 틀림없이 가라앉을 걸세, 블로우하드 군. 배는 사실 침몰하고 있다네. 내가 증명할 수 있지. 여섯 달이 걸릴지 몇 년이 걸릴지 모르지만 이런 식으로 계속되다간 틀림없이 침몰하고 말 거네. 그래서 배를 버리는 방법밖에는 없을 듯하구먼."

그날 밤 선원들이 펌프질에 여념이 없는 동안 선장과 나는 어둠을 틈타 뗏목을 만들었다.

남들 눈에 띄지 않게 돛대를 베어 적당한 길이로 자른 다음 서로 엇갈리게 차곡차곡 쌓아서 신발 끈으로 단단히 묶었다.

우리는 식량과 음료가 든 상자 두 개를 급히 뗏목 위에 던졌다. 육분의(선박의 위치를 측정하는 기구-옮긴이), 크로노미터(선박의 위치를 계산하는 시계-옮긴이) 기체 계량기, 자전거 공기 주입기와 몇 가지 다른 과학 기구도 배에

실었다. 그리고는 배가 출렁이며 한쪽으로 기울 때를 포착하여 뗏목을 내린 다음 밧줄을 타고 배에서 내려 뗏목에 올랐다. 점점 짙어지는 열대의 밤을 틈타 노를 저으며 곧 운명을 맞이할 배에서 멀어져갔다.

날이 밝자 우리는 인도양에 떠 있는 작은 티끌 같았다. 우리는 망망대해를 배경으로 마침표 정도의 크기였다.

아침에 옷을 갈아입고 최대한 말끔히 면도한 후에 음식과 음료수 상자를 열었다.

그때야 비로소 우리는 끔찍한 참상과 직면하게 되었다.

선장이 상자에서 파란색의 네모난 소고기 통조림을 하나씩 꺼냈다. 꺼내며 세어보니 모두 52개였다. 우리는 마지막 깡통이 상자에서 꺼내어질 때까지 불안하고 긴장된 표정으로 지켜보았다. 머릿속에는 한 가지 생각뿐이었다. 바닥이 드러나자 선장이 뗏목에서 일어나 광기 어린 눈으로 하늘을 노려보았다.

"통조림 따개! 빌어먹을, 통조림 따개가 없잖아!"

선장이 소리를 꽥 지르더니 바닥에 쓰러져 정신을 잃었다.

그러는 사이 나는 떨리는 손으로 음료수 상자를 열었다. 상자에 들어 있던 맥주병은 주석으로 만든 특허 받은 병뚜껑으로 되어 있었다. 나는 맥주병을 하나씩 꺼냈다. 모두 52개였다. 마지막 병을 꺼내고 빈 바닥이 드러나자 나는 소리를 질렀다. "그것! 그것 말이야! 젠장 맞을! 병따개가 없잖아!"

나도 선장 위로 풀썩 쓰러져버렸다.

얼마 후 깨어났을 때도 우리는 여전히 바다 위를 떠다니는 하나의 점에 불과했다. 오히려 전보다 훨씬 작아진 느낌이었다.

위에는 열대의 구릿빛 하늘이 눈부시게 펼쳐져 있었다. 묵직한 납빛의 바다가 뗏목 옆면에서 찰싹거렸다. 주변에는 소고기 통조림과 맥주병이 널브러져 있었다.

그다음 며칠간 우리가 겪은 고통은 이루 말할 수 없었다. 통조림 깡통을 주먹으로 때리고 바닥에 떨어뜨렸다. 통조림 안의 고기가 상할 위험에도 불구하고 우리는 깡통을 뗏목에 대고 세게 내리쳤다. 깡통을 밟고 물어뜯기도 하다가 결국 욕을 퍼부었다. 유리가 깨지거나 병이 망가지는 것도 개의치 않고 맥주병 뚜껑을 당기고 손톱으로 긁기도 했으며, 병을 깡통에 대고 뚜껑 가장자리를 문지르거나 때리기도 했다.

모두 헛수고였다.

하루하루 지날수록 우리는 배고픔에 지쳤다. 읽을 책도, 피울 담배도, 사실상 말할 거리도 없어 침울하게 입을 다물고 앉아 있었다.

열흘째 되던 날에 선장이 침묵을 깼다.

"제비뽑기를 준비하게, 블로우하드 군. 이제 그럴 때가 된 것 같군."

내가 서글프게 대답했다. "네. 우린 하루가 다르게 말라가고 있으니까요."

그리고 우리 앞에 펼쳐질 운명이 끔찍한 식인 행위밖에 없음을 예감하면서 우리는 제비를 뽑았다.

나는 제비를 준비해서 선장 앞으로 내밀었다. 선장이 더 긴 제비를 뽑았다.

"이건 내가 이겼다는 뜻이겠지?" 선장이 희망과 절망 사이에서 몸을 떨며 내게 물었다.

"아닙니다, 빌지 선장님." 내가 슬프게 대답했다. "선장님이 졌습니다."

그 후의 날들은 생각하고 싶지도 않다. 뗏목 위에 나른히 누워서 몽상하는 길고 조용한 나날이었다. 그동안 나는 영양결핍 때문에 기진맥진했던 기력을 천천히 회복했다. 그 한없이 고요하고 평화로운 나날을 떠올릴 때마다 나는 그 평화를 만들어준 용감한 남자를 위해 눈물을 흘리지 않을 수 없었다.

뗏목이 해안가에 부딪히며 내는 소리에 깊은 잠에서 깬 것은 그로부터 5일 후였다. 며칠간 실컷 먹은 덕분이라 나는 근방에 육지가 보이는지 살피지 않았었다.

눈 앞에 펼쳐진 낮은 모래 해안의 동그란 섬을 보자마자 섬의 정체를 알아차린 내가 소리쳤다.

"보물섬이다! 드디어 그간의 모험과 용맹함을 보상받는구나."

나는 다급히 섬의 한가운데로 돌진했다. 나를 기다리고 있던 광경은 무엇이었을까? 모래에 크고 둥근 구덩이가 깊이 파여 있고, 그 옆에는 빈 옷 가방이 놓여 있었다. 그리고 모래 깊숙이 어떤 배의 널빤지가 박혀 있었는데, 거기에는 '소시 샐리호, 1X67년 10월.'이라고 쓰여 있었다.

그렇다! 그 악당들이 배를 고친 후, 우리가 선실 테이블 위에 무심결에 두고 온 해도로부터 이 섬의 존재를 알고 무인도로 향했고, 불쌍한 빌지 선장과 내가 당연히 받아야 할 보물을 약탈해 간 것이다!

은혜를 모르는 인간의 천성에 신물이 난 나는 모래 위에 털썩 주저앉았다.

그때부터 무인도는 내 집이 되었다.

거기서 나는 모래와 자갈을 먹고 선인장으로 몸을 가리며 비참한 생활을 이어갔다. 몇 년이 지났다. 모래와 진흙이라는 식단이 내 건강한 체격을 야금야금 갉아먹었다. 나는 병이나 쓰러졌다. 나는 죽었고 그렇게 모래와 해초에 묻혔다.

2화. 넝마를 걸친 영웅

(히스기야 헤이로프트의 고군분투 생존기)

“제게 일자리 좀 주실 수 있을까요?”

공사장의 높은 발판에 서 있던 벽돌공 감독관이 들려오는 소리를 따라 아래를 내려다보았다. 위를 올려다보는 청년이 간곡한 눈빛으로 호소하고 있었다. 감독관은 그에게 벽돌을 집어 던졌다.

청년은 히스기야 헤이로프트였다. 그는 손수 짠 천으로 만든 낡은 넝마를 걸치고, 양손에는 여행 가방을 하나씩 들고 있었다. 일자리를 찾아 잔혹한 도시 뉴욕에 막 도착한 길이었다.

히스기야는 자리를 옮겨 이동하다가 곧 경찰관 앞에

멈춰 섰다.

"경관님. 길 좀 물을까 하는데요…"

경찰관은 느닷없이 그의 옆통수를 호되게 내리치며 호통쳤다. "그래. 가르쳐주지. 다시는 그런 바보 같은 질문을 하지 않게 말이야!"

히스기야가 다시 이동했다. 곧 그는 길쭉한 검은 모자를 쓰고 검은색 조끼를 입은 흰 넥타이를 맨 남자와 마주쳤다. 한눈에 성직자임을 짐작할 수 있는 차림이었다.

"안녕하십니까, 목사님. 말씀 좀 물을까 하는데…"

성직자는 하이에나가 으르렁거리듯 사납게 히스기야를 덮치더니 귀를 물어뜯었다. 정말로 그러했다. 대낮 공공장소에서 청년의 귀를 물어뜯는 성직자의 모습을 상상해보라! 그런 일이 뉴욕에서는 매 순간 일어나고 있다.

뉴욕이 그토록 잔혹하니 그곳에서 일자리를 찾는다는 것이 어떨지 상상해보라. 일하기 싫어 어떻게든 빈둥거리려는 여러분과 나 같은 사람들은 그것이 어떤 의미인지 실감하기 힘들 것이다. 가까운 친구나 친척 한 명

없이 당신이 무엇을 하는지 알거나 관심을 주는 이 하나 없이 뉴욕에 덩그러니 놓인 기분이 어떨지 상상해보라. 감당하기 힘든 일인 것은 틀림없다.

잠시 히스기야는 우물쭈물 서 있었다. 그는 주위를 둘러보았다. 고개를 들어 메트로폴리탄 타워 꼭대기를 올려다보았다. 일자리는 보이지 않았다. 고개를 돌려 매디슨 스퀘어 쪽의 고층 건물도 보았지만, 어디에도 일자리는 보이지 않았다. 물구나무를 서서 플랫 아이언 빌딩도 올려다보았지만, 거기에도 일자리는 없었다.

다음 날도 히스기야는 일자리를 찾았다. 속기사를 찾는다는 월스트리트 회사의 광고를 보고 찾아갔다.

"속기할 줄 아세요?" 그들이 물었다.

"아니요." 넝마를 입은 청년이 대답했다. "하지만 한번 해 보겠습니다."

그들은 청년을 엘리베이터에 던지듯 태워 내려보냈다.

하지만 히스기야는 낙담하지 않았고, 그날만 열네 군데의 일자리에 지원했다.

월도프 아스토리아(뉴욕의 고급 호텔-옮긴이)에서 요리사가 필요하다는 소식을 듣고 히스기야는 그 자리에 지원했다.

"요리할 줄 알아요?" 그들이 물었다.

"아니요. 하지만 한 번 테스트해 보시지요. 달걀 하나만 주시면 제가 해 보겠습니다. 최선을 다해서 노력하겠습니다." 청년의 빰에 닭똥 같은 눈물이 흘러내렸다.

그들은 청년을 복도로 굴리듯 내던졌다.

다음으로 전신 기사에 지원했지만, 전신 기술에 관해 무지하다는 이유만으로 거절당하고 말았다.

밤이 내리자 히스기야는 배가 고파졌다. 그는 다시 월도프 아스토리아 호텔의 현관으로 들어갔다. 현관에는 유니폼을 입은 키 큰 남자가 서 있었다.

"저…, 나중에 밥값은 꼭 갚을 테니 한 끼만 배부르게 먹게 해 주시면 안 되겠습니까?" 히스기야가 애처롭게 물었다.

그들은 청년을 향해 개를 풀었다.

뉴욕의 비정함과 지독함이 이 정도였나니!

14주 동안 히스기야는 일자리를 계속 찾았다. 한두 번은 임시직을 얻기도 했으나, 결국 그 자리마저 다시

잃게 되었다.

며칠간은 신탁 회사에서 회계 보조가 되었지만, 거짓말을 하지 않으려 한다는 이유로 해고되었다. 일주일간은 은행에서 사무 보조로 일했으나, 수표 위조를 거부했다는 이유로 해고되었다. 3일간은 브로드웨이 지상 열차의 승무원이 되었지만, 5센트짜리 동전을 훔치는 것을 거부했다는 이유로 해고되었다.

뉴욕 업계의 지독한 타락이 그 정도였나니!

그렇게 하루하루가 지났지만, 여전히 히스기야는 일자리를 찾지 못했다. 설상가상으로 가진 돈도 다 써버리고 말았다. 어쨌든 돈이 한 푼도 없었다. 배가 고파서 센트럴 파크의 풀을 뜯어 먹었고, '동물 학대 방지 센터'에서 놓아둔 말 여물통에서 물을 마셨다.

청년에게는 서서히 변화가 생겼다. 대도시 뉴욕이 그에게 남긴 흔적으로 얼굴이 험상궂게 굳어진 것이다.

어느 날 히스기야는 인도에 서 있었다. 열 시를 넘긴지 한참 지난 늦은 밤이었다. 인도에는 행인이 드물었다.

"하늘에 맹세코!" 히스기야가 잔혹한 도시의 불빛에 대고 주먹을 흔들면서 악다구니를 썼다. "난 공정한 방법을 쓰려고 최선을 다했어! 그래도 안 된다면 반칙을 쓸 거야. 구걸을 할 거라고! 이제껏 나 히스기야 헤이로프트는 한 번도 구걸해 본 적 없지만…" 그는 씁쓸하게 웃으며 덧붙여 말했다. "이제부터는 구걸을 시작할 거야."

옷을 잘 차려입은 남자가 인도를 지나갔다.

히스기야가 그의 멱살을 잡았다.

"뭘 원해요?" 남자가 겁에 질려 소리쳤다. "일자리를 달라고만 하지 마세요. 당신한테 줄 일이 없어요."

히스기야가 험악하게 대답했다. "일자리 따위는 필요 없어! 나는 거지거든."

"아! 그게 다예요?" 남자가 안심하며 말했다. "여기, 10달러를 줄 테니 그걸로 술이나 실컷 마셔요."

돈이다! 돈! 돈을 받자 술 취한 듯 몽롱한 감각이 히스기야의 뇌에 짜릿하게 퍼져나갔다.

"술이라…. 그래, 술 좋지." 그가 쉰 목소리로 중얼거렸다.

마침 칵테일 판매점의 불빛이 눈에 띄었다.

"달걀 칵테일 한 잔." 그가 카운터에 돈을 내동댕이쳤다. 세상이 빙글빙글 돌 때까지 칵테일을 마시고 또 마셨다. 술 때문에 제정신이 아닌 그가 가게 안을 왔다 갔다 서성였다.

서너 번쯤 자동판매기에 난폭하게 체중을 싣기도 했다. 5센트짜리 동전을 넣는 자동판매기에서 껌과 성냥을 거칠게 잡아당겨 빼내기도 했다. 마침내 달걀 칵테일 열세 잔과 탄산수 한 잔을 마신 결과 그는 비틀거리며 거리로 나왔다.

"범죄…" 그가 낮게 혼잣말했다. "범죄, 범죄. 그게 바로 내가 원하던 거야."

히스기야는 이제 행인들이 존경의 눈빛으로 자신을 위해 길을 터준다는 것을 알아차렸다. 길모퉁이에 경찰관이 한 명 서 있었다.

그는 자갈 하나를 집어서 힘껏 던졌고, 자갈은 경찰관의 귀에 정통으로 맞았다.

경찰관은 그를 향해 장난기 가득한 미소를 지은 다음 나무라는 듯 손가락을 살짝 옆으로 흔들었다. 그는 14

주 전에 히스기야가 길을 물었다는 이유로 머리를 때렸던 경관이었다.

히스기야는 걸으면서 머릿속으로는 새로운 범죄 계획에 골몰했다. 거리 아래쪽에는 유리창 앞 진열대를 새해 선물로 장식한 잡화점이 있었다.

잡화점에 들어간 히스기야가 말했다. “권총 하나만 주시오.”

“네, 손님. 정장에 소지하실 소형을 원하십니까, 아니면 평범한 가정용을 원하십니까? 가족용으로 쓰기에 좋은 총이 여기 있는데…”

히스기야는 권총을 골라서 밖으로 나왔다.

“이제 집에 침입해서 강도질로 돈을 벌어야겠군.” 그가 중얼거렸다.

5번가를 가로질러 건넌 그는 가장 근사한 집을 하나 골라 벨을 눌렀다. 제복을 입은 남자가 불을 환하게 밝힌 복도에서 걸어 나왔다.

“주인 어딨어?” 히스기야가 권총을 보이며 물었다.

“위층에서 돈을 세고 계십니다만, 방해받는 걸 싫어하셔서요.” 하인이 대답했다.

"주인에게 안내해. 네 주인을 쏘고 돈을 가져가려고 왔으니까."

"잘 알겠습니다." 하인이 공손하게 대답했다. "2층으로 가시면 찾을 수 있을 겁니다."

히스기야는 몸을 돌려서 하인의 제복을 겨누어 총을 두 번 쏜 다음 위층으로 올라갔다.

위층 방에는 한 남자가 독서용 스탠드 앞에 앉아 있었다. 그의 앞에는 금화가 한 무더기 쌓여 있었다.

"뭐 하고 있는 거지?" 히스기야가 위협하듯 물었다.

"돈을 세고 있습니다." 남자가 겁에 질려 대답했다.

"넌 뭐 하는 놈이야?" 히스기야가 준엄하게 물었다.

"저는 독지가입니다. 대의를 위해 쓰일 만한 곳에 돈을 보냅니다. 영웅을 위해 메달을 제정하지요. 위험을 무릅쓰고 바다에 뛰어드는 선장과 고층 유리창에서 사람을 던지는 소방관에게 메달을 줍니다. 미국 선교사들을 중국에, 중국 선교사들을 인도에, 인도 선교사들을 시카고에 보냅니다. 대학교수들이 굶어 죽지 않도록, 그들이 받을 자격이 있을 때 보조금을 받도록 따로 준비해두기도 합니다."

히스기야가 소리쳤다. "그만해! 어쨌든 넌 죽어 마땅해. 일어나, 입을 벌리고 눈을 감아."

남자가 자리에서 일어났다.

큰 총성이 울렸다. 독지가가 쓰러졌다. 조끼에 총을 맞아 그의 멜빵이 갈가리 찢겨나갔다.

히스기야는 범죄의 광기로 눈을 번득이며 주머니에 금화를 가득 쑤셔 넣었다.

아래층 거리에서는 비명과 왁자지껄한 소리로 소란스러웠다.

"경찰이로군…" 히스기야가 중얼거렸다. "이 집에 불을 지르고 혼란을 틈타 도망가야겠어."

그는 성냥에 불을 붙여 테이블 다리에 갖다 대었다.

테이블은 불연성이라 불이 붙지 않았다. 이번엔 문에 성냥을 갖다 대었다. 문도 불연성이었다. 책장에도 불을 붙이고, 책에도 불을 붙여 보았지만 모두 불연성이었다. 그 집의 모든 것이 불연성이었다.

분노가 치밀어 오른 그는 자기 옷에서 셀룰로이드(합성수지로 발화가 잘 되는 것이 결점임-옮긴이) 옷깃을 뜯어내어 불을 붙이고는 머리 위로 흔들었다. 커다란 화염이 창문 밖으로 날름거렸다.

"불이야! 불이야!" 누군가 외쳤다.

히스기야는 문으로 달려가 불이 붙은 옷깃을 엘리베이터 수직 통로 아래로 던졌다. 순식간에 강철 밧줄과 함께 쇠로 된 엘리베이터가 불덩어리에 휩싸였다. 불은 엘리베이터 문의 청동 부속품에 옮겨붙었고, 이내 시멘트로 된 바닥까지 번져 크게 일렁였다. 커다란 연기 기둥이 건물에서 뿜어져 나왔다.

"불이야! 불이야!" 사람들이 목이 터지라 소리쳤다.

대도시에 난 불을 본 적이 있는가? 그야말로 경이로운 광경이라 아니 할 수 없다. 도시가 아무리 넓고 지독한 곳이라도 불이 나면 사람들이 완벽하게 유기적 체계를 이루어 움직인다.

화재가 발생하자마자 사람들은 불이 번지는 것을 막으려고 결연한 노력을 기울였다. 길게 줄을 선 남자들이 물을 담은 양동이를 손에서 손으로 전했다.

사람들은 인접한 주택의 전면부에 물을 끼얹었고, 거리 전체와 전봇대에 뿌렸으며, 흥분해서 거리로 쏟아져 나온 군중에게도 쏟아부었다. 불이 난 동네는 구석구석까지 말 그대로 흠뻑 젖었다. 불을 끄려는 사람들의 의지는 확고했다.

거리에 재빨리 세워진 기중기가 똑바로 서자 높이가 약 5미터에 달했다. 어떤 용감한 남자가 기중기 꼭대기에 올라타서 도르래로 물 양동이를 하나씩 끌어올렸다. 훈련받은 소방관으로서 침착함과 담대함을 갖춘 남자는 균형을 유지하면서 끌어올린 물을 군중 위로 여기저기 쏟아부었다.

불은 한 시간 동안 맹위를 떨쳤다. 화염 속에서 텅 빈 유리창에 서 있던 히스기야는 재빨리 권총을 장전한 후 사람들을 향해 발사했다. 그러자 거리에 있던 수많은 권총에서 연속으로 총알이 날아들었다.

사격은 한 시간 동안 지속되었다. 몇몇 사람들은 빗발치듯 쏟아지는 총알에 거의 맞을 뻔했다. 누군가 맞았더라면 틀림없이 치명상을 입었을 것이다.

그러는 동안 불꽃이 잦아들었다. 경찰 한 분대가 불운한 운명을 맞은 건물로 돌진했다.

히스기야는 권총을 집어 던지고 팔짱을 낀 채 경찰을 맞이했다.

"헤이로프트!" 경찰서장이 말했다. "너를 살해, 강도, 방화와 음모죄로 체포한다. 아주 인상적인 화재를 보여 줬지만, 안타깝게도 너를 체포하는 것이 우리의 임무임을 이해하기 바란다."

히스기야가 아래로 내려오자 엄청난 환호성이 군중에게서 터져 나왔다. 진정한 용기는 항상 사람들의 마음을 사로잡는 법이다.

그는 자동차에 실려 빠르게 경찰서로 이송되었다.

가는 길에 서장이 히스기야에게 휴대용 술병에 담긴 위스키와 시가를 건넸다.

그들은 그날 저녁에 일어난 사건에 대해 담소를 나누었다.

히스기야 헤이로프트는 자신에게 새로운 삶이 펼쳐졌음을 깨달았다. 그는 이제 무시당하던 부랑자가 아니었다. 미국 범죄 세계에 발을 들인 순간이었다.

경찰서에 도착하자 서장이 히스기야를 자신의 방으로 안내했다.

"방이 마음에 들었으면 좋겠네." 서장이 살짝 걱정스러운 말투로 말했다. "이것이 오늘 밤 자네에게 해 줄 수 있는 최선이라네. 내일은 욕실이 딸린 방을 주겠네. 하지만 워낙 시간이 촉박했으니 이 정도는 참아줄 수 있으리라 생각하네."

서장은 잘 자라고 인사한 후 문을 닫았다. 그러나 곧 다시 나타나 말을 꺼냈다.

"아침 식사 말인데, 자네 방에서 혼자 먹겠나, 아니면 우리랑 식당에서 같이 먹겠나? 경찰들이 자네를 보고 싶어서 안달이라네."

다음 날 아침, 히스기야가 일어나기도 전에 서장이 그의 방에 새 옷 한 벌을 가지고 왔다. 중절모와 코트, 흑백 체크무늬 바지와 스패츠 부츠였다.

"이 옷을 받아주겠나, 헤이로프트 군? 우리는 자네가 적절한 복장을 갖추고 법정에 출두하도록 돕고 싶네."

옷을 조심스럽게 차려입고 면도도 끝낸 히스기야가 아래층으로 내려갔다. 그는 경찰의 주요 임원들을 소개받았다. 그들과 시가를 피우면서 전날 밤 일어난 사건에 관해 이야기꽃을 피우며 즐거워했다.

그날 아침에 많은 사람이 히스기야를 축하하러 직접 경찰서에 들렀다.

유명한 아메리칸 데일리 신문사의 편집장이 말했다.
"이 말씀을 드리고 싶네요, 선생님. 어젯밤 선생이 하신 일은 미국 전역에 알려져서 널리 회자될 것입니다. 하인을 쏜 것은 대단한 용기가 필요한 일이었습니다. 그건은 불문율(개인의 명예를 지키기 위한 살인은 어느 정도 정당하다는 가상적 법규-옮긴이)을 들먹이며 변론하면 충분히 먹힐 겁니다."
다른 방문자는 이렇게 말했다.
"헤이로프트 씨. 선생을 더 일찍 만나지 못해 유감입니다. 여기 있는 친구들에게 선생께서 뉴욕에 오신 지 몇 달 되었다고 들었습니다. 우리가 선생을 더 일찍 알지 못했던 것이 정말 유감이로군요. 이것이 우리 법률 사무소의 이름입니다, 헤이로프트 씨. 우리는 일류 변호사이니 선생을 변호할 영광을 주셨으면 좋겠습니다. 허락하신다고요? 감사합니다, 선생님. 그러면 법원에 가기 전에 아직 한두 시간이 남았으니 제 차를 타고 우리 집으로 좀 모시고 싶습니다만…. 제 아내가 선생께 간단히 점심이라도 대접하고 싶다더군요."
그날 오후 재판이 열렸다. 히스기야가 들어서자 환호

성이 울렸다.

재판장이 말했다. "헤이로프트 씨. 재판을 며칠간 휴정하겠습니다. 선생이 그간 겪은 일로 인해 신경이 극도로 쇠약해 있다고 들었습니다. 선생이 충분한 휴식을 취할 때까지는 이 사건을 제대로 진술하기 힘든 상태라고 선생 친구들이 말하더군요."

헤이로프트가 법정을 떠날 때 관중석에서 엄청난 환호성이 터졌고, 그에 판사도 가세했다.

며칠간은 히스기야에게 바쁜 나날이었다. 축하 연회와 시민 위원회에 참석하는 일정이 빽빽했다. 변론 취지서도 준비했는데 히스기야의 타고난 총명함에 변호사들이 감탄을 연발했다.

신문사 기자들은 인터뷰를 요청했다. 기업 발기인들도 히스기야를 방문했다. 그의 이름은 몇몇 일류 기업의 임원으로 등재되어 있었다. 히스기야가 무죄 선고를 받을 경우에 그가 미국의 거대한 도난 방지 기업들의 합병을 떠맡아 수행하기로 했다는 소문이 돌았다.

재판은 일주일 후 시작되어 두 달간 계속되었다. 히스

기야는 다섯 가지 죄목으로 기소되었다. 엘리베이터의 철골 구조물을 태웠으므로 방화죄, 하인과 독지가를 죽였으므로 살인죄, 돈을 훔쳤으므로 절도죄, 그리고 경찰에게 총을 쏘았으므로 가중처벌이 가능한 중죄로 기소되었다.

소송절차는 매우 복잡해서 감정가의 증언이 미국 전역에서 수집되었다. 독지가의 뇌도 면밀하게 조사해 분석했지만, 아무것도 발견되지 않았다.

배심원 전체가 세 번이나 해산되었다. 첫 번째는 편견이 있어서, 두 번째는 무식해서, 세 번째는 제정신이 아니라는 이유에서였다.

소송절차는 시간을 질질 끌었다.

그러는 사이 히스기야의 사업 지분이 차곡차곡 쌓였다.

마침내 히스기야가 소송을 포기하겠다고 제안했다.

그는 재판부에 최종 진술을 할 때 이렇게 말했다.

"신사 여러분, 제가 앞으로 이 재판에 참석할 수 없을 것 같아 미리 사과를 드립니다. 언제든지 한두 가지 사업에서 손을 떼면, 그땐 반드시 출석하겠다고 약속드립니다. 그러는 동안에도 저는 이 소송에 최대한 관심을 두고 필요한 절차를 잘 이행하겠습니다."

히스기야는 만세삼창과 '올드 랭 사인' 노랫소리가 울려 퍼지는 가운데 방을 떠났다.

그 후에도 재판은 다음 단계로 넘어갈 때마다 대책 없이 시간을 끌었다.

방화죄는 소송 중지에 대한 동의를 받았다. 절도죄의 기소는 넘을 수 없는 한계에 부딪혀 중지되었다. 하인을 살해한 죄는 정신이상으로 인한 정당행위로 선언되었다.

독지가를 죽인 살인죄는 만장일치로 철회되었다. 다만 권총과 탄약통이 사라진 데 대해서는 헤이로프트에게 과실로 인한 손해배상액을 지급하라는 판결이 떨어졌다. 사건의 나머지 핵심 부분은 이송 명령을 받아 연방 법원으로 넘어갔다가 결국 미국 연방 대법원에 상고되었다.

사건은 아직도 대법원에 있다.

그러는 사이 히스기야는 도난 방지 기업의 상무이사

가 되었고, 뉴욕에서 새롭게 떠오르는 재력가로서 주 상원의원이 될 유망한 차기 후보로 물망에 올라 있었다.

3화. 어느 순진한 여인의 슬픔

(마리 머시너프의 회고록)

거울에 비친 자기 모습을 본 적 있는가?

나는 본 적이 있다.

가끔은 몇 시간이고 서서 내 얼굴을 유심히 들여다보면서 깜짝 놀란다. 이따금 거울을 위아래로 거꾸로 들고 뚫어지게 쳐다보기도 한다. 거울 속의 내가 무슨 말을 하는지 생각하려 애쓴다. 그것은 마치 나를 알고 있고, 내게 말하고 싶다는 듯 커다란 갈색 눈으로 나를 마주 보는 것 같다.

나는 왜 태어났을까?

모르겠다.

내 얼굴에 하루에도 천 번쯤 물었지만, 답을 찾지 못했다.

어쩌다가 내 방 앞을 지나가는 사람들은, 예를 들면 하녀 닛닛츠카와 하인 야쿱은 내가 거울을 보면서 말하는 모습을 보고 나를 바보라고 생각한다.

하지만 나는 바보가 아니다.

가끔 소파에 몸을 던지고 쿠션에 고개를 파묻을 때가 있다. 그렇게 해 봐도 내가 왜 태어났는지 답을 찾지 못했다.

나는 열일곱이다.

내가 일흔일곱이 되는 날이 올까? 아!

아니 일흔일곱은 고사하고 예순일곱까지도 살 수 있을까? 오!

만약 예순일곱을 넘기고 일흔일곱까지 살아 있다면 여든일곱까지도 살까?

모르겠다.

그런 생각이 들면 밤에도 화들짝 놀라 눈을 커다랗게 뜨고는 과연 내가 여든일곱까지 살 수 있을지 궁금해진다.

다음 날

오늘 산책길에 꽃 한 송이를 만났다. 꽃은 강둑 옆 잔디밭에서 자라고 있었다.

긴 줄기 위에 핀 꽃은 꿈을 꾸듯 서 있었다.

꽃의 이름이 추프스키야라는 것을 알게 됐다. 예쁜 이름이 마음에 든다.

몸을 숙여 꽃에 말을 걸었다. 내 심장이 사랑을 알게 될 날이 올지 물었다. 꽃은 그렇게 생각한다고 대답했다.

집에 오는 길에 양파 하나를 만났다.

양파는 길 위에 놓여 있었다.

누군가 줄기를 밟아서 뭉개져 있었다. 얼마나 아팠을까! 양파를 조심스레 가슴에 품었다. 양파는 밤새 내 베개 옆에 놓여 있었다.

다른 날

내 심장은 사랑을 갈망하고 있다! 어째서 나는 아무도 사랑할 수 없는 것일까?

지금껏 노력했지만 나는 아무도 사랑할 수 없었다. 아버지인 이반 이바노비치는 덩치가 커다랗고 자상하지만, 나는 아버지를 사랑할 수 없다. 어머니인 카투샤 카투샤비치도 아빠처럼 덩치가 크지만, 나는 어머니를 사랑할 수 없다. 남동생인 드미트리 드미트리비치도 사랑할 수 없다.

그리고 알렉시스 알렉소비치도!

나는 그를 사랑할 수 없다. 하지만 그와 결혼하기로 되었고, 결혼식 날짜까지 자기들 마음대로 정해버렸다.

앞으로 한 달 후다. 한 달. 30일 후. 왜 나는 알렉시스를 사랑할 수 없을까? 그는 키가 훤칠하고 힘이 센 군인이다. 알렉시스는 니콜라스 로마노프 황제를 경호하는 왕실근위대 소속이지만, 나는 그를 사랑하지 않는다.

이틀 후

그들은 어떻게 나를 이 좁고 답답한 곳에 감금할 수가 있을까? 나를 감금한 사람들은 바로 아버지인 이반 이바노비치와 어머니(순간 어머니 이름을 까먹었다), 그리고 나머지 사람들이다.

답답해서 숨도 제대로 못 쉴 지경이다.

그들은 내가 자유롭게 살도록 내버려 두지 않는다.

자살을 시도할 때마다 그들은 나를 방해한다.

어젯밤에도 자살을 시도했다.

어젯밤 침대 옆 테이블에 황산이 든 유리병을 놓아두었다.

아침에 보니 황산이 여전히 그 자리에 있었다.

황산은 나를 죽이지 못했다.

그들은 내가 강물에 투신자살하는 것도 용납하지 않는다.

왜!

도대체 왜 그러는지 모르겠다. 공기와 나무들에게 왜 내가 강물에 뛰어들면 안 되는지 물었지만 허사였다. 공기와 나무들은 이유를 모르겠다고 했다.

나는 어린 새들처럼, 그것도 가장 어린 아기 새처럼

자유롭기를 간절히 원한다.

나뭇잎이 바람에 날리는 것을 보면 나뭇잎이 되고 싶다.

그러나 여기 사람들은 내가 음식을 먹게 강요하기까지 한다!

어제는 바나나 하나를 먹었다! 웩!

다음 날

오늘은 산책길에 양배추 하나를 발견했다.

양배추는 울타리 구석에 놓여 있었다. 잔인한 사내 녀석들이 돌을 들고 거기까지 뒤쫓아 왔던 모양이다. 양배추를 들어 올려 보니 이미 죽어 있었다. 그 옆에는 달걀이 하나 있었다. 달걀도 죽어 있었다.

아, 얼마나 울었던지….

오늘 아침

내 심장이 얼마나 두근거렸는지 모른다. 오늘 한 남자

가 지나갔다. 말 그대로 내 앞을 그냥 지나쳐갔다.

그가 공원 입구를 통과해 내 추프스키야가 자라는 강가의 잔디밭으로 지나가는 모습을 내 방 창문에서 지켜보았다.

정말 너무나도 잘생겼다! 알렉시스 알렉소비치처럼 키가 크지는 않았다. (아! 키 큰 남자는 질색이야!) 그 대신 작고 통통하며 동글동글해서 생김새가 꼭 지난주에 죽은 예쁜 양배추 같았다.

남자는 벨벳 조끼를 입고 손에는 휴대용 접의자를 들었다. 등에는 이젤을 메고 입에는 긴 담배설대가 달린 곡선형 파이프를 물고 있었다. 그의 얼굴은 알렉시스처럼 붉고 거칠지 않았다. 온화하고 아름다웠으며 창문 위로 비치는 달빛처럼 번들번들한 미소를 지니고 있었다.

내가 그를 사랑하는 걸까? 아직은 잘 모르겠다. 사랑은 느긋한 식물과도 같아서 빨리 자라라고 재촉할 수 없는 법이다.

그가 지나갈 때 창문에 몸을 기대고 있다가 그에게 장미꽃 봉오리 하나를 던졌다. 그러나 그가 보지 못했다.

이번에는 비누와 칫솔을 던졌다. 그것조차 빗맞았다. 남자는 그렇게 지나가 버렸다.

다른 날

내 삶이 사랑으로 충만해졌다. 남자를 다시 보았고 그와 이야기를 나누었다. 그는 강가에서 휴대용 접의자에 앉아 있었다. 의자에 앉은 그의 모습이 얼마나 아름다웠는지 모른다. 그가 어쩜 저리 튼튼해 보이고, 그가 앉은 작은 의자가 어찌나 약해 보였던지!

남자는 앞에 세운 이젤 위에 그림을 그리고 있었다. 그에게 먼저 말을 걸었다.

이제는 그의 이름을 안다.

그의 이름은…. 그의 이름을 쓰는 이 순간에도 내 심장이 얼마나 방망이질을 치는지 모른다. 아니다. 차마 그 이름을 쓸 수 없으니 속삭이겠다. '오토 딩켈스피엘'이라고.

정말 아름답지 아니한가? 아!

그는 빨강과 금색, 흰색을 섞어 만든 눈부시게 아름다

운 오팔색 줄무늬를 캔버스 위에 사방으로 그리고 있었다.

나는 그 광경을 감탄하며 지켜보았다.

나도 모르게 그에게 물었다. "뭘 그리고 계세요? 천국의 아이인가요?"

"아니, 그냥 소야!" 그가 대답했다.

그러고 나서 다시 그림을 보니 이제야 소가 보였다.

나는 그의 눈을 똑바로 바라보며 말했다.

"우리만의 비밀로 할게요. 다른 사람은 아무도 모를 거예요."

순간 내가 그를 사랑하고 있음을 깨달았다.

일주일 후

매일 아침 나는 강가 잔디밭으로 오토를 만나러 간다.

오토가 앉아서 그림을 그리면 나는 무릎을 껴안고 깍지를 낀 채 옆에 앉아서 그에게 말을 건다. 내가 생각하는 것, 읽은 것, 아는 것, 느끼는 것, 느끼지 못하는 것 등을 모조리 그에게 털어놓는다.

오토는 먼 곳을 응시한 채로 내 말을 듣는데 그 모습마저 내겐 너무 사랑스럽다. 그럴 때는 그가 깊이 생각에 잠겨있다는 뜻이므로 가끔은 내 말을 거의 듣지 않는 것 같기도 하다.

우리의 정신적 교류는 놀라울 정도다. 우리는 서로의 생각을 자극한다.

오토는 나의 정신적 스승이고, 나는 그의 제자이다!

어제는 그에게 헤겔인지 슐레겔인지 훼겔인지를 공부하면 삶을 바라보는 진정한 관점을 알게 되는지 물었다.

그가 모른다고 했다! 사랑스러운 나의 오토!

오늘

오토와 몸이 닿았다! 그와 몸이 닿았다니까!

그 일을 떠올리기만 해도 온몸에 전율이 흐른다!

강둑 위에 오토 옆에 서서 이야기를 나눌 때 양산 손잡이를 잡은 내 손이 그의 조끼 맨 아래 단추에 닿았다.

손에 불이 붙은 듯 화끈거렸다!

내일은 오토를 데리고 집에 가서 아버지를 만날 계획이다.

오늘 밤은 오토와 몸이 닿았다는 사실 말고는 아무 생각도 나지 않는다.

다음 날

오토가 아버지 등을 벗겨 먹었다! 그가 아버지에게 10루블을 벗겨 먹으려 했다고 한다. 아버지는 몹시 화를 내고 있다. 나는 그게 무슨 말인지 잘 모르겠다.

오토를 데리고 집에 갔다. 그가 아버지 이반 이바노비치와 얘기를 나눴다. 둘은 저녁에 같이 앉아 있었다. 지금은 아버지가 불같이 화를 낸다. 오토가 아버지 등을 벗겨 먹으려 한다고 말씀하신다.

아버지는 왜 화가 났을까?

어쨌든 오토는 우리 집에 출입이 금지되었다. 이제는 잔디밭에서만 그를 만날 수 있다.

이틀 후

오늘 오토가 내게 사랑의 정표를 달라고 했다.

나는 모자를 고정하는 핀 하나를 주었지만, 그가 싫다고 했다. 그 대신 내 벨트에서 다이아몬드 버클을 가져갔다.

나는 그의 속마음을 읽었다.

그에게 나란 존재는 더 못한 물건 중에서도 돋보이는 다이아몬드와 같다는 의미일 테다.

오늘 아침

어제 오토가 정표를 하나 더 달라고 요구했다. 나는 가방에서 1루블짜리 금화를 꺼내면서 그것을 반으로 쪼개어 각각 하나씩 지니자고 제안했다.

오토가 싫다고 했다. 나는 그의 생각을 알아차렸다. 동전을 쪼개는 것은 우리의 사랑을 훼손하는 것과 마찬가지라고 생각했나 보다.

그는 우리 둘을 위해 금화를 지닐 것이고, 금화는 우리 사랑처럼 깨지지 않은 채로 남아 있을 것이다.

정말 낭만적인 생각이 아닌가?

오토는 매우 사려 깊은 사람이라 모든 것을 생각한다.

오늘은 내게 1루블 금화가 더 있는지 물었다.

다음 날

오늘 오토에게 1루블 금화를 또 갖다주었다.

금화를 바라보는 그의 눈이 사랑으로 충만하여 반짝거렸다.

오토는 금화를 받으며 내게는 청동으로 만든 1코페이카(1루블은 100코페이카임-옮긴이)짜리 동전을 주었다. 우리의 사랑이 금만큼 순수하고 청동만큼 강인하다는 뜻일 것이다.

정말 아름답지 않나?

나중에

알렉시스 알렉소비치가 돌아올까 봐 너무 무섭다.

알렉시스가 돌아오면 오토가 그를 죽일지도 모른다.

오토는 매우 침착한 사람이라서 그런 사람이 흥분하면 무슨 일이 일어날지 생각만 해도 무섭고 떨린다.

다음 날

나는 오토에게 알렉시스에 관해 말했다. 알렉시스가 군인이라고, 그가 황제를 경호하는 왕실근위대 소속이라고, 나는 그와 약혼한 사이라고 말했다. 처음에 오토는 내 말을 듣지 않으려 했다. 스스로 분노를 주체하지 못할까 두려웠던지 접이식 의자를 접기 시작했다.

그때 내가 알렉시스는 한동안 오지 않을 것이라고 말하자 그가 조금 차분해졌다.

나를 위해 제발 알렉시스를 죽이지 말라고 오토에게 간청했다. 그는 그렇게 하겠다고 약속했다.

다른 날

아버지 이반 이바노비치가 알렉시스에게서 온 소식을 전해주었다. 그가 2주 후에 온다고 한다. 그가 돌아온 다음 날 나는 그와 결혼식을 올려야만 한다.

그때까지 오토를 사랑할 시간이 2주나 남아 있다.

내 사랑은 완벽하다. 그러나 다시 죽고 싶은 생각이 들어 어젯밤 또 자살을 시도했다. 완벽한 사랑이 무엇인지 이제 알게 됐는데 왜 살아야 하는가?

폭파용 화약 한 상자를 침대 옆에 놓아두었지만, 멀쩡히 깨어났다. 화약은 나를 죽이지 못했다. 그것이 무슨 의미인지 알고 있다. 내가 오토와 함께 죽을 운명이라는 뜻이다. 오토에게 꼭 말해야겠다.

나중에

오늘 오토에게 우리가 자살해야 한다고, 우리의 사랑이 너무나 완벽하므로 더 이상 사는 의미가 없다고 말했다.

처음에는 그가 야릇한 표정을 지었다.

그러더니 내가 먼저 자살하면 내 무덤가에서 굶어 죽

겠노라고 말했다.

하지만 그런 희생을 받아들일 수는 없었다.

그 대신 그가 강가에서 목매달아 죽는 것을 돕겠다고 제안했다.

그는 생각해 보겠다고 말했다. 그가 목매달아 죽는 것이 힘들다면 총으로 자살하면 될 일이다. 그래서 그에게 아버지의 권총을 빌려주었다. 총을 받을 때 그가 얼마나 고마워하던지!

다음 날

오토는 왜 날 피하려는 걸까? 나와 함께 할 수 없는 혼자만의 슬픔이 있는 걸까? 오늘 그가 강 건너편 잔디밭으로 자리를 옮겼다. 그는 딱총나무 덤불 뒤에 길게 펼쳐진 잔디밭에 접이식 의자를 펴고 앉아 있었다.

처음에는 그가 보이지 않아서 목매달아 자살한 모양이라고 생각했었다. 내가 이유를 묻자 그는 밧줄 사는 걸 깜빡해서 그러지 못했다고 대답했다. 그러면서 총으로 자살을 시도했었지만, 빗맞았다고 말했다.

5일 후

오토와 나는 죽지 않을 운명이다. 우리는 살아야만 하고, 살아서 영원히 서로 사랑할 운명이다. 그래서 세상 밖으로 함께 떠나기로 했다. 너무나 행복하다!

오토와 나는 함께 도망갈 계획을 세웠다.

알렉시스가 올 때쯤이면 우리는 멀리멀리 떠나고 없을 것이다.

나는 오토에게 함께 도망치자고 말했다. 그도 그러겠다고 대답했다.

그에게 세상 밖으로 함께 나가자고, 빈손으로 여행을 떠나 함께 세상에 맞서보자고 말했다. 그는 나의 돈키호테이자 팔라딘(프랑스 샤를마뉴 대제의 전설적인 12기사 중 한 명-옮긴이)이 될 것이라 말했다.

오토는 알겠다고 대답했다.

오토는 내 의견에 동의했지만, 빈손으로 여행을 떠날 수는 없다고 했다. 왜 그렇게 생각하는지 모르겠다. 그가 너무 확고해서 그 점은 나의 군주께 양보했다. 그가 모든 준비를 할 것이다.

아침마다 내 물건들을 한 꾸러미씩 잔디밭으로 가져다가 나의 돈키호테에게 바치면 그가 자신이 머무는 작은 여관으로 그것들을 옮겼다.

지난주에는 보석함을 갖다주었고, 어제는 그가 요청한 대로 은행에서 돈을 찾아 내 팔라딘에게 바쳤다. 오토가 가지고 있으면 이제 안전할 것이다.

오늘은 오토가 말하길, 우리가 떠나면 어머니와 아버지를 기억할 작은 추억의 물건들이 필요할 것이라고 했다. 그래서 아버지가 주무시고 있을 때 아버지의 금시계를 갖고 나갈 생각이다. 내 영웅! 어떻게 하면 내가 행복할지 밤낮으로 고민하는 자상한 사람!

다음 날

모든 준비가 끝났다. 내일 시계와 나머지 물건을 챙겨서 잔디밭에서 오토를 만나기로 했다.

내일 밤에 우리는 함께 도망가려 한다. 공원 아래쪽에 있는 작은 문으로 내려가면 그곳에서 오토가 기다리고 있겠다고 했다.

오늘 나는 집 주변과 공원을 둘러보면서 작별 인사를 했다. 내 추프스키야 꽃에 작별 인사를 했고, 새들과 벌들에게도 인사했다.

내일이면 모두 안녕이다.

다음 날 저녁

오늘 벌어진 일을 어떻게 써야 할지 모르겠다. 내 영혼은 밑바닥까지 산산이 부서졌다.

가장 두려웠던 일이 벌어진 것이다. 이제 나는 어떻게 살까!

알렉시스가 돌아왔고, 오토와 싸움이 벌어졌다.

맙소사! 싸움은 너무 끔찍했다.

나는 잔디밭 위에 오토와 함께 서 있었다. 시계를 가져와 내 모든 사랑과 인생까지 함께 담아 그에게 건넸다.

바로 그때 우리가 몸을 돌리자 알렉시스 알렉소비치가 잔디를 가로질러 우리를 향해 성큼성큼 걸어오는 모습이 보였다.

어찌나 키가 크고 군인다워 보이던지! 그 순간, 만약 오토가 알렉시스를 죽이면 그는 죽은 채 그 자리에 무생물처럼 뻗어 있겠구나 하는 생각이 번뜩 들었다.

"가요, 오토." 내가 울먹였다. "어서 가요. 당신이 여기 있으면 그를 죽일지도 몰라요."

오토도 성큼성큼 걸어오는 알렉시스를 보았다. 나를 힐긋 보는 그의 얼굴에는 만감이 교차했다.

그러더니 곧 나를 위해 그가 달리기 시작했다. 그가 달리는 모습이 너무나도 숭고해 보였다. 이 얼마나 용감한 사람인가! 그는 거기 남아서 분노를 폭발시킬까 봐 자리를 뜨는 용단을 내렸다.

알렉시스가 그를 따라잡았다.

둘이 강둑 옆에서 대결을 벌였다. 아! 그들이 싸우는 모습을 보는 것은 너무나도 끔찍했다. 남자들의 싸움은 항상 끔찍하지 않은가?

나는 그저 가만히 서서 손을 꼭 움켜쥔 채 고통스럽게 지켜볼 수밖에 없었다.

처음에 알렉시스가 오토의 허리띠를 잡고는 공중으로

뱅뱅 돌렸다. 오토가 공중에서 돌 때 그의 얼굴을 보았다. 그가 달리려고 몸을 돌릴 때 얼굴에서 엿보인 결연함과 똑같은 무언의 용기가 서려 있었다. 알렉시스는 오토를 계속 뱅뱅 돌렸고, 급기야 허리띠가 뚝 끊어지면서 오토는 잔디밭에 내리꽂혔다.

그것이 싸움의 1막이었다.

알렉시스는 오토 옆에 서서 잔디밭에 뻗어 있는 오토를 뒤에서 걷어찼다. 둘이 한동안 그렇게 싸웠다. 그것이 싸움의 2막이었다. 그리고 3막과 마지막 4막이 열렸다.

알렉시스가 이젤을 집어서 오토의 머리 위로 그림을 박살 내자, 이젤이 오토의 목에 걸려 옷깃처럼 고정되었다. 그다음 알렉시스가 목에 그림이 걸려 있는 오토를 집어다가 강물에 던져버렸다.

오토가 떠내려갔다!

내 팔라딘!

그가 떠내려가 버렸다!

나는 오토가 강을 따라 계속 흘러갈 때 위로 쳐든 그의 표정을 잔디밭 너머로 지켜보았다. 깊은 체념이 가득한 얼굴이었다.

그 후 키가 아주 크고 힘이 센 알렉시스 알렉소비치가 내게 다가와서는 나를 번쩍 들어 올려 두 팔에 안고 잔디밭을 가로질렀다.

그는 나를 사랑한다고, 내일 세상으로부터 나를 지켜주겠노라고 속삭였다. 그는 나를 안고 잔디밭과 꽃들을 가로질러 집으로 데리고 갔다.

집에는 아버지 이반 이바노비치와 어머니 카투샤 카투샤비치가 있었다. 그리고 내일 나는 알렉시스와 결혼식을 올린다. 알렉시스는 여관에서 내 보석과 돈을 이미 가져다 놓았다. 오토가 내 벨트에서 빼낸 다이아몬드 걸쇠도 다시 돌려주었다.

어떻게 결혼생활을 참을 수 있을까? 알렉시스는 나를 상트페테르부르크로 데려갈 것이다. 그가 대로변에 사둔 아름다운 집에서 그와 함께 살아야만 한다. 우리는 부자로 살 테고, 나는 니콜라스 로마노프 황제와 황후가 있는 궁에 초대받을 것이다.

아! 몸서리나게 싫지 않은가?

지금은 목에 이젤을 두른 채 강물에 떠내려가던 오

토 생각밖에 나지 않는다. 그는 작은 강을 따라 드네프르강으로 떠내려갈 것이고, 드네프르강에서 부크강으로, 다시 부크강에서 볼가강으로, 볼가강에서 카스피해까지 떠내려갈 것이다. 그리고 카스피해는 출구가 없으므로 오토는 그곳에서 영원히 뱅글뱅글 돌고 있을 것만 같다.

정말 끔찍하지 않은가?

4화. 무너진 장벽

(푸른 섬에서 싹튼 위험한 사랑)

내가 사우샘프턴(영국 남부에 있는 항구도시-옮긴이)에서 서인도제도(중앙아메리카 동쪽에 활 모양으로 흩어져 있는 섬의 무리-옮긴이)와 뉴올리언스 항구(미국 멕시코만에 면한 항구도시-옮긴이)로 향하는 증기선 파타고니아호에 승선한 것은 8월의 어느 화창한 오후였다.

나는 당시에 어떤 재난도 예감하지 못했다. 심지어 짐이 특실로 옮겨지는 동안 승무원에게, 지금까지 항해 중에서 사고가 일어나리라는 예감이 거의 들지 않았던 적은 이번이 처음이라고 말했던 기억이 난다.

"정말 다행입니다, 해럴드 씨. 손님의 특실은 오른쪽

우현 통로에 있습니다." 승무원이 대답했다.

나는 무수히 많은 항해를 했지만, 이보다 맑고 푸른 바다는 보질 못했노라고 선장에게 말했던 것도 똑똑히 기억난다. 그는 내 말에 전적으로 동의했다. 돌이켜 생각해 보니 굳이 내 말에 대꾸하려 하지 않았던 것 같다.

누군가 해가 쨍쨍한 그 여름날 오후에 우리가 탄 배가 일주일 후에 드라이 토르투가스 제도(미국 플로리다주 멕시코만 입구에 있는 10개의 섬으로 된 제도-옮긴이)에서 난파될 거라고 말했다면 나는 코웃음을 쳤을 것이다.

또 누군가 내가 구명 뗏목을 탄 채 혼자 카리브해에 둥둥 떠 있으리라 말한다면 히스테리를 부리고 말았을 것이다.

배가 카리브해에 들어서자마자 전례 없는 맹렬한 폭풍이 우리를 덮쳤다. 선장조차도 그와 견줄 만한 폭풍은 본 적이 없다고 말했다. 이틀 밤낮을 바다의 맹렬한 분노와 맞닥뜨렸고 견뎌냈다.

수프 접시는 선반에 단단히 고정한 다음 뚜껑을 덮었

다. 흡연실에서는 안경을 선반 받침대에 고정해야만 했다. 남자 승무원이 왔다 갔다 할 때마다 우리는 그가 금방이라도 눈앞에서 배 밖으로 휩쓸려갈 것만 같아 마음을 졸였다.

셋째 날 아침, 날이 밝자마자 배가 무엇인가에 부딪혔다. 아마 바다에 떠다니는 바윗덩어리거나 드라이 토르투가스 제도의 섬 중 하나였던 것 같았다.

증기선의 굴뚝 네 개가 날아갔다. 돌출 장대가 원래 위치에서 떨어져 나갔고, 프로펠러도 떨어져 버렸다. 선장은 간단히 협의한 끝에 배를 버리기로 했다. 보트가 이제는 꽤 차분해진 바다로 내려져 승객들이 보트로 옮겨 탔다.

어떤 영문으로 나만 남겨졌는지는 잘 모르겠다. 나는 이등 항해사와 얘기를 나누고 있었는데, 전에 중국해에서 비슷한 경험을 했었다고 말하며 그의 코트 자락을 붙잡고 있었다.

그런데 느닷없이 이등 항해사가 내 어깨를 잡고 다급히 아무도 없는 흡연실에 나를 밀어 넣더니 이렇게 말했다. "해럴드 씨. 제가 돌아올 때까지 거기 앉아 계세요.” 상대가 어찌나 위협적으로 말하던지 순순히 따르는 편이 현명할 것 같았다.

밖으로 나왔을 땐 모두 사라지고 없었다. 다행히도 갑판에 여전히 놓여 있던 구명 뗏목 하나를 발견했다. 나는 유용하게 쓰일 물품들을 한데 그러모았고, 어떻게 했는지는 모르겠으나 어찌어찌 구명 뗏목을 물에 띄울 수 있었다.

뗏목에서의 둘째 날 아침에 차분히 앉아서 부츠에 광을 내며 혼잣말을 하고 있을 때, 뗏목 바로 옆에 둥둥 떠 있는 물체를 발견했다. 보자마자 죽은 듯 보이는 여자의 몸이라는 직감이 들었다.

허둥지둥 부츠 광내기를 마치고 혼잣말도 그친 다음 갈고리를 이용해 그 불행한 여인을 뗏목 쪽으로 끌어당기느라 최선을 다했다.

몇 번의 헛된 시도 끝에 마침내 여인의 옷을 붙잡아 그녀를 뗏목 위로 끌어 올렸다.

여자는 여전히 의식이 없었다. 그녀가 두른 무거운 구명 튜브 덕분에 난파 후에도 물에 떠 있을 수 있었던 것 같다. 여자의 옷은 바닷물로 흠뻑 젖어 있었다.

여자의 드레스 벨트에 찔러 넣어진 손수건 위에 수놓은 글자가 보였다. 망설일 시간이 없었다. 여인의 목숨이 그녀의 이름을 읽는 데 달려 있다고 생각했으므로 나는 손수건을 벨트에서 뽑았다. 거기엔 '이디스 크로이든'이라고 쓰여 있었다.

나는 최대한 힘차게 그녀의 손을 문질렀다. 부분적으로나마 그녀의 혈액순환을 회복시키겠다는 생각에서였다. 다음에는 바닷물 때문에 쓸모없어진 부츠를 벗기고 나서 그녀의 발을 문지르기 시작했다.

다음에는 무엇을 벗겨야 하나 생각하고 있던 찰나에 여자가 눈을 뜨고 말했다. "제 발 좀 그만 문지르세요."

"이디스 양. 오해십니다."

나는 불쾌함을 애써 숨기지 않은 채 일어나서 뗏목의 다른 쪽 끝으로 걸어갔다. 여자에게 등을 돌리고 서서 카리브해의 납빛 바닷물을 바라보았다. 바다는 이제 차분했다. 시야에는 아무것도 보이지 않았다.

그렇게 계속 수평선을 찾고 있을 때 뒤에서 뗏목 위를 걷는 부드러운 발소리가 들리더니 가벼운 손 하나가 내

어깨에 올려졌다. "용서해 주세요."

나는 돌아섰다. 그녀는 스타킹을 벗고 맨발로 서 있었다. 솔직히 고백하자면, 나는 맨발의 여인을 볼 때마다 가슴 속 무엇인가가 움찔거림을 느낀다.

그녀는 타고난 여성적 감각으로 머리에 해초 한 다발을 휘감고 있었다. 대체로 나는 해초를 볼 때마다 흥분하지만, 그때는 감정을 억누르며 말했다.

"이디스 양. 용서할 것까지는 없습니다."

자기 이름이 불리자 여자는 잠시 얼굴을 붉히더니 뭔가 말하려다가 그만두었다.

"여긴 어딘가요?" 그녀가 물었다.

나는 가능한 한 명랑하게 대답했다. "모릅니다. 하지만 알아낼 겁니다."

"정말 용감하시군요!" 이디스 양이 감탄했다.

"천만에요." 나는 최대한 활기찬 목소리로 말했다.

여자는 내가 준비하는 과정을 흥미롭게 지켜보았다.

구부러진 핀을 긴 장대에 붙여 높이 들어 올린 덕분에 우리가 있는 위도를 어렵지 않게 알아냈다.

"이디스 양. 제가 지금 우리가 있는 곳의 경도를 확인

하려 합니다. 그러기 위해서는 바닷속으로 잠시 들어갔다 와야 합니다. 놀라거나 걱정하지 마십시오. 곧 돌아오겠습니다."

나는 긴 밧줄을 타고 경도를 대략 어느 정도 확인할 수 있을 때까지 바닷속 깊이 내려갔다. 이 경도가 그녀와 나의, 우리의 경도라는 생각에 강렬한 전율이 온몸을 관통했다.

밧줄을 타고 위로 올라오는 도중에 나를 빤히 보고 있는 길쭉한 상어를 발견했다. 그 게걸스러운 친구가 위험한 종일지도 모른다는 생각이 들자 나는 지체 없이, 1초도 시간을 허비하지 않고 허둥지둥 밧줄을 타고 올라왔다.

여자가 나를 기다리고 있었다.

"다시 돌아오셔서 기뻐요." 그녀는 손을 꼭 움켜쥐고 소리치듯 말했다.

"별것도 아닌데요, 뭘." 나는 귀에 묻은 물을 닦으며 최대한 듣기 좋게 말했다.

"우리가 있는 곳의 위치를 알아내셨나요?"

"네. 우리의 위도는 정상이지만, 경도는 수직에서 적

어도 3도는 벗어난 것 같습니다. 이디스 양." 그러고는 내 딴에는 가장 암울한 말투로 덧붙여 말했다. "이 뗏목에서 저와 며칠간 지낼 마음의 준비를 하셔야 할 것 같습니다."

"상황이 그렇게 안 좋은가요?" 그녀는 바다를 바라보며 속삭이듯 말했다.

그 뒤로 이어지는 긴 하루 동안 나는 여자를 최대한 멀리하려고 뗏목 위에서 할 수 있는 일은 죄다 찾아서 하느라 분주했다. 그녀가 나와 같이 있어도 안전하다고 느끼는 것이 무엇보다 필요하다고 생각했다. 그렇지 않다면 그녀가 뗏목에서 뛰어내려 나는 그녀를 잃을지도 모른다.

나는 다양한 캔과 통조림을 분류했고, 크로노미터의 오일을 테스트했다. 다양한 밧줄과 기구들을 가지런히 정리하기도 하고, 어떤 긴급 상황에도 프라이팬을 쓸 수 있도록 준비해두었다. 당장은 음식이 부족하지 않았다.

밤이 다가오자 그녀가 편히 쉴 수 있도록 준비해야 한다는 것을 깨달았다. 나는 장대 두 개를 수직으로 세운 다음 그 위에 뗏목을 가로지르도록 회색 담요를 펼쳐 온전한 칸막이를 만들었다.

"이디스 양. 뗏목의 이쪽 끝이 당신 자리입니다. 여기서 편히 주무시면 됩니다."

"정말 친절하시네요." 여자가 작은 소리로 말했다.

"방해받지 않으니 꽤 안전할 겁니다. 어떤 식으로든 당신 자리로 넘어가지 않겠다고 약속드리겠습니다."

"정중하기도 하셔라."

"아닙니다." 나는 최대한 듣기 좋은 목소리로 대답했다. "제가 이제 마지막으로 이 칸막이 너머로 머리를 내밀 테니 이해해 주세요. 원하는 것이 있으면 무엇이든 말만 하세요."

"아무것도 없어요."

"아가씨 옆에 양초와 성냥이 있을 겁니다. 밤에 뭐든 필요하시면, 즉시 부르십시오. 명심하세요. 저는 언제든지 여기 있습니다. 약속드리지요."

"안녕히 주무세요." 여자가 소곤거리듯 말했다. 몇 분 후 들려오는 부드러운 숨소리가 그녀가 잠들었음을 말해 주었다.

나는 앞으로 가서 타르 양동이 안에 앉아서 머리를 돛대에 기대고 잠을 청했다.

그러나 한동안, 왜 그런지 영문은 모르겠으나 잠이 오지 않았다.

이디스 클로이든의 모습이 내 머릿속을 가득 채웠다.

그녀는 낯선 사람일 뿐이라고, 그녀의 발 크기 말고는 그녀에 관해 아무것도 모른다고 되뇌었지만, 소용이 없었다. 어떤 이상한 요술을 부렸는지 이 여자는 나를 사로잡아서 내 감각을 지배해버렸다.

그날 밤 비단결 같은 하늘에 별이 매우 총총했다. 잔잔하고 고요한 밤이었다. 어둠을 뚫고 뱃목 가장자리에서 물이 찰싹거리는 소리가 들렸다.

나는 여전히 깊은 생각에 잠겨 타르 양동이 속으로 점점 더 깊이 가라앉고 있었다. 마침내 양동이 바닥까지 닿았을 무렵 내가 이디스 클로이든과 사랑에 빠졌음을 깨달았다.

그러자 돌연 아내 생각이 떠올라 당혹스러웠다. 우리의 불행한 결혼생활은 3년 전에 시작되었다. 우리는 서로에게 젊음과 부와 지위를 가져다주었으나 결혼은 실패였다. 왜 그런지 이유는 알 수 없었다.

아내는 나와 함께 있는 것을 지루해하는 것 같았다. 나는 여행 이야기를 늘어놓으며 아내의 관심을 끌어보려 했지만 허사였다. 내가 이야기하는 방식이, 왜 그런지는 모르겠으나 아내를 피곤하게 만드는 것 같았다.

그녀는 자주 "잠깐 나 좀 내버려 둬요, 해럴드(참, 내 이름이 해럴드 보러스라고 말하는 것을 깜빡했다). 나 목이 아파요(pain in the neck은 '골칫거리'라는 뜻도 있음-옮긴이)."라고 말했다.

그녀의 제안으로 나는 세계 일주를 다녀왔다. 내가 돌아오자 아내는 한 번 더 다녀오라고 재촉했다. 세 번째로 세계 일주를 하고 있을 때, 증기선이 난파되어 여행이 중지된 것이다.

내 입장에서 말하자면, 솔직히 말해 아내의 태도가 부당하다고 할 순 없으나 내심 나를 불쾌하게 만들었다고 말하고 싶다. 나는 어느 면으로 보나 자만심이 강한 사람이 아니다. 그러나 아내의 태도는 내게 상처를 주었다.

"내가 히말라야에서 험포, 그러니까 등이 굽은 버펄로

를 사냥할 때 말이야."라고 내가 말을 꺼내자마자 그녀는 불쑥 끼어들어 이렇게 말했다. "오, 해럴드. 아래 당구실에 내려가서 내가 당구대 아래에 담배를 떨어뜨렸는지 좀 보고 올래요?" 돌아오니 아내는 나가고 없었다.

결국 우리는 합의 이혼을 준비했다. 내 세 번째 항해가 끝나면 우리는 뉴올리언스에서 만나기로 되어있었다. 클라라는 내게 대서양이든 태평양이든 원하는 바다로 떠나라고 선택권을 주면서 자기는 다른 배를 타고 그곳에 가겠노라고 말했다.

내가 이디스 크로이든을 석 달 후에 만났더라면, 싱글로서 그녀에게 구애해 사랑을 쟁취할 수 있었을 것이다. 그러나 나는 매인 몸이었다. 내 감정에 걸쇠를 채우고, 가면을 써야만 한다. 명랑하고 유익하게 재미난 이야기보따리를 풀어놓으면서도 이 무방비 여인에게 사랑을 내비치는 어떤 단어도 무심코 흘려서는 안 된다.

엄청난 고민 끝에 마침내 타르 양동이에서 일어났다. 나는 더 밝은 사람은 아니더라도 적어도 더 깨끗한 사람이 된 듯한 기분이 들었다.

날은 이미 밝고 있었다. 주변을 둘러보았다. 열대의 태양이 잔잔한 바다 위로 햇살을 비추자 불과 몇백 미터 앞에 섬이 보였다. 경사진 모래 해변 뒤로 관목 숲과 정글이 있었다. 그 뒤로 바위투성이 언덕이 보였다. 바위 사이를 뛰어다니듯 흐르는 작은 시냇물도 보였다.

나는 뗏목을 해변에 대려고 다급히 그리고 열심히 노를 저었다. 물로 뛰어들어 곧 튼튼한 밧줄로 뗏목을 바위에 단단히 고정했다.

그리고 몸을 돌리자 이디스 양이 옷을 완전히 차려입고 나를 바라보며 서 있는 모습이 보였다. 아침 햇살을 받은 그녀의 머리카락이 반짝거렸고, 푸르고 깊은 눈은 카리브해만큼 온화했다.

"물가에 발 담글 생각일랑 하지 마세요, 크로이든 양." 내가 흥분해서 외쳤다. "성급하게 뛰어들지 마세요. 물에는 바실루스(막대 모양으로 생긴 세균-옮긴이)가 우글거립니다."

"그러면 어떻게 해안까지 가나요?" 그녀가 진주처럼 흰 이빨이 거의 다 보이게 활짝 미소를 지으며 물었다.

"이디스 양. 한 가지 방법밖에 없네요. 제가 모셔다드리겠습니다."

나는 이내 뗏목으로 돌아와서 마치 여동생을 대하듯 부드럽고 경건하게 그녀를 팔에 안아 올렸다.

그녀는 깃털처럼 가벼웠다. 내가 그렇게 여인을 팔로 안아 올릴 때는 보통 아무런 느낌도 없었다. 그러나 그녀를 두 팔에 껴안을 때 아주 잠시 찌르르한 전율이 온몸을 휩쓸고 지나갔다. 굳이 그 느낌을 억누르려 하지 않았다.

작은 시냇물과 가까운 모래 언덕으로 그녀를 데리고 가서 거기 내려놓았다. 그녀가 축 늘어져 버리자 나는 깜짝 놀랐다.

여자는 기절해 있었다.

망설일 시간이 없었다.

시냇물로 뛰어가서 모자에 물을 가득 담아 여자의 얼굴에 부었다. 진흙 한 줌을 집어서 있는 힘껏 그녀에게 던지기도 했다. 그다음엔 내 모자로 그녀를 때렸다.

마침내 그녀가 눈을 뜨고 바로 앉았다.

"제가 기절했었나 봐요." 그녀가 약간 몸을 떨면서 말했다. "추워요. 아, 불이 있으면 좋을 텐데…"

"이디스 양, 제가 최선을 다해 불을 피워보겠습니다." 나는 최대한 단련된 사람처럼 대답했다. "마른 나뭇가지 두 개로 불을 피울 수 있는지 한번 해 보겠습니다."

"마른 나뭇가지로요?" 여자가 물었다. "그걸로 불을 피울 수 있나요? 정말 대단하셔요!"

"남들이 하는 것은 자주 봤습니다." 나는 생각에 잠겨 대답했다. "제가 히말라야에서 험포, 그러니까 등이 굽은 버펄로를 사냥할 때, 흔히 그렇게 불을 피우더군요."

"정말로 험포를 사냥해보셨어요?" 그녀가 흥미로운 듯 큰 눈을 반짝이며 물었다.

"정말로 해 봤지요. 하지만 아가씨는 우선 쉬셔야 해요. 나중에 제가 얘기해드리겠습니다."

"지금 해 주시면 좋을 텐데…" 그녀가 약간 투덜거리듯 말했다.

그러는 사이 나는 해변에 떠내려온 표류물 중에서 완전히 마른 듯 보이는 막대기 두 개를 겨우 골랐다. 인도인들의 방식대로 막대기를 조심스럽게 놓고 나서 성냥을 그어 전혀 어려움 없이 불을 붙였다.

몇 분 후에 여자는 활활 타오르는 불 옆에서 몸을 데웠다.

우리는 해변에 앉아 불 옆에서 아침을 함께 먹고 동지처럼 앞으로의 계획을 논의했다.

식사가 끝나고 내가 일어났다. "제가 둘러보는 동안 여기 잠시 혼자 계세요."

나는 관목숲 사이를 뚫고 시야를 가렸던 바위투성이 언덕을 올랐다.

내가 돌아왔을 때 이디스 양은 여전히 불가에 앉아 머리를 손에 묻고 있었다.

"이디스 양. 우리는 지금 섬에 있습니다."

"사람이 사는 섬이겠죠?"

"아마도 한때는 살았겠지만, 지금은 아닙니다. 서인도 제도에 있는 많은 모래톱 중 하나인 것 같습니다. 옛날 버커니어(buccaneer, 17~18세기 서인도 제도의 스페인령 연안을 휩쓴 해적-옮긴이)가 활개 치던 시절에 해적들이 여기 상륙해 배를 기울여 수리했겠지요."

"해적들은 어떻게 수리했을까요?" 그녀가 해적 이야

기에 매료되어 물었다.

"저도 잘 모르지만, 백색 도료로 하는 것 같아요. 어쨌든, 해적은 배를 잘 손질한답니다. 하지만 그때부터 지금까지 이 외딴 장소는 갈매기와 앨버트로스만의 집이 되었군요."

여자가 몸을 부르르 떨며 말했다. "너무 쓸쓸하네요."

나는 웃으며 말했다. (다행히 내게는 필요할 때 웃으며 말하는 재주가 있다) "쓸쓸하든 아니든, 저는 일하러 가야겠습니다."

나는 열심히 뗏목에서 우리 물품을 끌고 와서 정리했다. 돌 몇 개로 조잡한 테이블과 의자도 만들었다. 일하는 동안 조심스럽게 웃고 최대한 노래를 많이 흥얼거렸다. 날이 저물 무렵에도 여전히 분주하게 일했다.

"이디스 양. 이제 아가씨가 주무실 자리를 마련해야겠네요."

말뚝 네 개를 땅에 깊이 박고 그 위에 담요를 묶어 지붕이 없는 허술한 텐트를 만들었다. 지붕이 있었더라면 비바람까지 제법 피할 수 있었을 것이다.

모든 일을 마치고 나서 내가 말했다. "이디스 양, 안으로 들어가 보세요."

나는 담요를 고정했던 작은 끈으로 경건하게 텐트의 입구를 묶었다.

"안녕히 주무세요, 이디스 양."

"당신은요?" 그녀가 외쳤다. "어디서 주무시게요?"

"아, 저요?" 나는 최대한 활기 넘치는 어조로 말했다. "저는 땅바닥에서도 아주 잘 잡니다. 작은 소리라도 들리면 저를 꼭 부르십시오."

나는 밖으로 나가 선인장이 자라는 작은 밭에 누웠다.

우리가 섬에 상륙한 이후로 장황하게 설명할 필요도 없이 바쁘고 고단한 나날이었다. 나는 할 일이 많았다.

매일 아침 우리의 위도와 경도를 측정했다. 이 수치를 보고 시계를 맞추었고, 오트밀 죽을 요리했으며 이디스 양이 일어나기 전에 꽃을 꺾어놓았다.

매일 그녀가 자신의 텐트에서 나올 때 그녀에게서 뿜어져 나오는 눈부신 미모는 새록새록 놀라웠다. 어느 날 아침은 그녀가 야생 아르부투스 한 송이를 이마에

둘렀다. 다른 날엔 삼색메꽃을 꼬아 만든 띠를 허리에 둘렀다. 세 번째 날은 무성한 부들(잎이 좁다랗고 길며 갈색의 긴 꽃대가 달리는 수생식물-옮긴이)을 온몸에 휘감기도 했다.

카리브해의 여명 속에서 두 눈을 반짝이며 맨발로 온몸에 야생 부들을 휘감은 그녀는 석기시대 동굴에서 살던 여자처럼 보였다. 그녀를 보는 순간 몸 전체에 짜릿한 전율이 흘렀다.

가끔 내가 할 수 있는 일이라고는 부들이 그녀에게서 떨어지지 않도록, 부들 머리 부분으로 그녀를 때리지 않도록 조심하는 것뿐이었다.

나는 통제력을 잃지 않도록 마음을 단련하며, 친구로서 침착하고 정중한 태도로 그녀에게 앉을 바위를 건넸다. 그녀의 오트밀 죽을 삽 끝에 올려 전해주었다.

아침 식사가 끝나고, 더 만만찮은 노역의 하루가 시작되었다. 우기를 대비해서 집을 지으려고 모래사장을 따라 바위를 끌고 오느라 분주했다.

뗏목에서 얻은 도구로 마구를 만들었고, 마구를 내 몸에 둘러매서 바위와 연결했다. 이디스 양에게 막대기로 내 등을 내리치게 시키자 비로소 내가 대단한 발전을 이루어냈음을 깨달았다.

공동의 안락을 위해 일하는 바로 그 순간에도 내 마음은 온통 이디스 크로이든의 생각뿐이었다. 일단 장벽이 무너지고 나면 모든 것이 휩쓸려 갈 것을 알고 있었다. 하늘만이 내가 들인 노력을 알아줄 것이다. 가끔은 단호한 다짐만이 내 강렬한 충동을 억누를 수 있었다.

한 번은 막대기로 모래 위에 무엇인가를 쓰고 있는 그녀와 마주쳤다. 그녀가 쓴 글을 넌지시 보았다. 내 이름 '해럴드'가 보였다. 나는 거칠게 소리를 지르며 바다로 뛰어들어 밑바닥까지 잠수했다. 다시 돌아왔을 때는 훨씬 차분해졌다.

물을 뚝뚝 흘리고 있을 때 이디스가 다가와 그녀의 손을 내 어깨에 올리며 말했다. "당신은 정말 멋져요!"

"제가 좀 멋집니다." 그리고 덧붙여 말했다. "이디스 양, 제발 제 귀는 만지지 마세요. 견디기 힘듭니다."

나는 그녀에게서 몸을 돌려 저 멀리 바다를 바라보았다. 이내 뒤에서 신음과 같은 소리가 들렸다. 여자는 모래에 몸을 내던져 동그랗게 똬리를 틀었다. 내가 말했다. "이디스 양, 제발 동그랗게 똬리를 틀지 마세요."

나는 해변으로 달려가 자갈을 얼굴에 문질렀다.

그런 사건들이 있을 때마다 나는 엄청난 자제력을 동원했고, 섬에서 우리의 삶은 꿈처럼 빨리 지나갔다. 내가 타르로 막대기에 눈금을 표시해 칠하지 않았더라면, 시간이 얼마나 흘렀는지도 몰랐을 것이다.

우리가 입은 옷이 닳는 것도 매우 심각한 상황을 초래하는 위협적인 일이었다. 다행히 내가 바위 사이를 돌아다니는 커다란 얼룩빼기 염소를 발견했고, 염소를 뒤쫓아 꼼짝할 수 없도록 몰아붙였다. 이디스는 털이 여전히 붙어 있는 염소 가죽으로 우리의 옷을 만들었다.

부츠는 악어가죽으로 대체했다. 운이 좋게도 해변에서 악어 한 마리를 발견한 나는 녀석의 목에 줄을 매달아 우리 야영지까지 끌고 갔다. 통조림에 든 연어로 독살한 후 가죽을 벗겼다.

우리가 입은 의상이 이제야 주변 환경과 조화를 이루었다. 나는 털이 달린 염소 가죽옷을 입었고, 발에는 악어 샌들을 신었다. 수염이 족히 15센티는 넘게 길어 영락없는 석기시대 동굴인의 모습이었다.

야외생활을 하면서 팔다리는 예전과 달리 민첩해졌다. 악어 샌들을 신고 훌쩍 도약하면 코코넛 나무도 단숨에 뛰어오를 수 있었다.

그녀는 검은 염소 가죽으로 만든 옷을 입었다(그녀가 검은 얼룩 부분을 선택했다). 해변에 서 있는 모습을 볼 때면 이따금 미칠 듯한 욕정으로 그녀를 와락 껴안아 바다에 거칠게 내던지고 싶은 충동이 일었다. 모피만 보면 나는 항상 그렇게 흥분되었다.

우리의 모험에 새롭고 놀라운 전환점이 생긴 것은 섬에서 생활한 지 5주째가 될 무렵이었다. 그것은 순전히 그녀의 호기심에서 비롯되었다. 그녀가 어느 날 아침 말했다.

"해럴드 씨. 이 섬의 다른 곳은 어떤지 너무 보고 싶어요. 볼 수 있을까요?"

"아, 이디스 양. 이 섬에는 볼거리가 거의 없을 것 같은데요. 제가 판단하기로 이 섬은 서인도 제도의 사람이 살지 않은 작은 모래톱 중 하나에 불과합니다. 바위와 모래, 관목 말고는 아무것도 없어요. 생명체는 전혀 없는 것 같습니다."

그리고 최대한 쾌활하게 덧붙여 말했다. "우리가 구조되지 않는다면 아마도 영원히 여기 머물 운명인 겁니다."

"그래도 섬 전체를 보고 싶어요." 그녀가 고집을 부렸다.

"그러면 이리 오세요. 당신이 산을 잘 오르기만 하면 제가 첫날 올라갔던 바위 등성이에서 전부 내려다볼 수 있을 겁니다."

우리는 해변의 모래사장을 가로질러 바위 사이사이를 지나 서로 엉겨 붙어 있는 관목 숲을 헤치고 갔다. 관목 숲을 넘어가자 울퉁불퉁한 바위 언덕이 나타나 시야를 가렸다.

바위 언덕 꼭대기에 이르자 더 넓게 바다가 내려다보였다. 섬은 동쪽으로 갈수록 점점 넓어지고 상당히 길게 뻗어 있었다. 비슷한 바위산이 더 높게 솟아 있어 전체 시야를 가리고 있었다.

전방 가까운 곳에 우리의 관심을 끄는 것이 있었다.

이디스가 내 팔을 잡으며 외쳤다. "보세요, 저기 좀 봐요!"

우리가 있던 곳에서 오른쪽 바로 아래에 우리가 떠나온 곳과 비슷한 해변이 있었다. 대충 만든 헛간이 해변 위에 서 있었고, 다양한 물건들이 주변에 흩어져 있었다.

남자 하나와 여자 하나가 우리 쪽으로 등을 보인 채 바위에 앉아 있었다.

남자는 염소 가죽으로 만든 옷을 입고 있었다. 옆모습으로 언뜻 보이는 수염은 거의 나만큼이나 무성했다.

여자는 흰색 모피를 입었고, 머리에는 해초로 만든 끈을 둘렀다. 그들은 진심 어린 대화라도 나누는지 가까이 붙어 앉아 있었다.

이디스가 속삭였다. "동굴인들 같아요. 이 섬의 원주민인가 봐요."

나는 대답하지 않았다. 앉아 있는 여자의 휜칠한 윤곽이 내 눈을 사로잡았다. 잔인한 예감이 심장에 비수처럼 꽂혔다.

흥분한 나머지 발을 구르다 돌 하나를 건드렸는데, 하필이면 그 돌이 요란하게 바위 아래로 굴러떨어졌다.

그 소리는 아래 앉은 두 사람의 주의를 끌었다. 그들은 몸을 돌려 우리가 숨은 곳을 향해 살피듯 쳐다보았다. 그들의 얼굴이 똑똑히 보였다. 여자의 얼굴을 보자마자 나는 심장이 멈추는 것 같았다. 안색도 백지장처럼 하얘졌다.

이디스의 얼굴을 들여다보니 그녀도 나만큼 창백했다.

"이게 다 무슨 일일까요?" 그녀가 속삭였다.

내가 대답했다. "이디스 양. 이렇게 된 겁니다. 이제껏 당신에게 말할 용기가 없었습니다. 저는 유부남입니다. 저기 앉아 있는 여자가 제 아내입니다. 하지만 저는 당신을 사랑합니다."

이디스가 소리 죽여 울면서 팔을 내밀어 내 목을 꽉 껴안았다. "해럴드, 나의 해럴드."

"내가 뭘 잘못했나요?" 내가 속삭여 물었다.

"제가 잘못했어요. 저도 유부녀예요, 해럴드. 저 아래 앉아 있는 남자, 존 크로이든이 제 남편이에요."

나는 동굴인들이나 내뱉었을 법한 거친 소리를 내며 펄쩍 뛰었다.

"당신 남편이라고요! 그렇다면, 신의 섭리에 의해 그

와 나 둘 중 하나는 살아서 이 자리를 떠날 수 없겠군요."

내가 바위를 뛰어 내려갈 때 그 남자도 나를 보았다.

순간 그도 자리에서 벌떡 일어났다. 그는 소리를 내지 않았고, 질문도 하지 않았다. 원시시대 동굴인처럼 똑바로 서서 적을 기다렸다.

바다 옆 모래사장에서 우리는 맨손으로 무기도 없이 마치 동굴인들처럼 싸웠다.

한동안 우리는 으르렁거리면서 빙빙 돌았다. 각자 기회를 엿보면서 네 바퀴를 돌았을 때 내가 모래를 크게 한 줌 집어 그의 얼굴에 냅다 던져버렸다.

그는 코코넛을 집어 들어 그걸로 내 배를 때렸다. 다음에 나는 비틀린 물미역 한 가닥을 집어 그걸로 그의 귀싸대기를 찰싹 때렸다. 잠시 그는 비틀거렸다.

그가 정신을 차리기 전에 나는 앞으로 점프해 그의 머리카락을 붙잡고 그의 얼굴을 두 번 때린 뒤에 바위 뒤로 뛰어올랐다.

옆에서 보니 이디스가 반쯤 멍한 상태였음에도 던질 것을 찾아 더듬거리고 있었다. 그 남자가 손에 큰 돌을 집어 던질 준비를 하는 모습을 보자 등골이 오싹해졌다. 내 옆에는 아무것도 없었다. 나는 이제 죽었구나 하고 있는데, 바로 그 순간 뒤에서 이디스의 목소리가 들렸다.

"삽 여기 있어요, 빨리, 삽이요!" 그 귀족 부인은 우리의 야영지로 급히 달려가 내게 삽을 가져다준 것이다.

"그걸로 내려쳐요." 그녀가 소리쳤다. 나는 삽을 집었고, 상처 입은 황소의 포효 소리와 최대한 비슷하게 소리를 지르며 바위 뒤에서 튀어나와 머리 위로 삽을 휘둘렀다.

싸움은 존 크로이든 쪽에서 끝이 났다.

"때리지 마시오. 이제 지쳤소. 그런 거로 맞으면 살아남지 못할 거요."

그는 절뚝거리며 모래 위에 털썩 주저앉았다. 그러고 보니 그는 전혀 원시시대 동굴인 같지 않고 어쩐지 꽤 왜소한 남자로 보였다. 그가 걸친 염소 가죽옷도 쪼그라들었고, 그가 앉을 때 헐떡이는 숨소리까지 들렸다.

"내가 항복하겠소. 두 여자 다 가지시오. 모두 당신 거요."

나는 삽에 몸을 기대며 그를 내려다보고 서 있었다.

두 여인이 우리 근처로 다가와 있었다.

앉아 있던 존이 계속 말했다. “당신이 저 여자 남편인 것 같은데, 맞소?”

내가 고개를 끄덕였다.

“당신일 거라고 생각했소. 데려가시오.”

그러는 동안 클라라가 내 옆으로 다가와 있었다. 햇빛에 반짝이는 금발 머리칼과 하얀 모피를 두른 그녀를 보고 있자니 왜 그런지 그녀가 아름답게 보였다.

“해럴드!” 그녀가 소리쳤다. “해럴드, 당신이에요? 당신 정말 낯설고 당당해 보여요. 당신이 이렇게 힘이 센 줄 몰랐어요.”

나는 그녀를 향해 준엄한 표정으로 말했다.

“내가 히말라야에서 혼자 험포, 그러니까 등이 굽은 버펄로를 사냥할 때 말이지…”

클라라가 두 손을 꼭 움켜쥐고 내 얼굴을 들여다보았다.

“그래서요, 그 얘기 좀 더 해 줘요.”

그러는 사이 이디스가 존에게 다가가 있는 것이 보였

다.

“존, 그렇게 젖은 모래 위에 앉으면 안 돼요. 그러다 감기 걸려요. 내가 일어나게 도와줄게요.”

나는 클라라와 그 남자를 보았다. “어떻게 이런 일이 생긴 거요? 말해 봐요.”

존이 말했다. “우리는 같은 배에 탔었소. 그러다 엄청난 폭풍을 만났소. 선장조차도 그런 폭풍우는 본 적이 없다고…”

“나도 알아요.” 내가 끼어들었다. “우리가 탄 배도 그랬으니까.”

“배가 바위에 부딪히고, 증기선의 굴뚝 네 개가 날아가고…”

“우리 배도 그랬지요.” 내가 고개를 끄덕였다.

“돌출 장대가 부러졌고, 남자 승무원의 식기실이 휩쓸려 갔소. 선장이 배를 떠나라는 명령을 내려서…”

“그만 됐어요, 존. 무슨 말인지 안다고요. 사람들이 탈출했을 때 당신은 남겨졌겠지요. 무슨 영문인지도 모른 채…”

“맞소, 왜 그랬는지 모르오.” 존이 말했다.

"당신은 최선을 다해 뗏목을 만들었고, 매우 다급히 몇 가지 물건을 챙겨서…"

"맞소, 크로노미터와 육분의, 그리고…"

"나도 알아요. 사분의(천문 관측기구-옮긴이) 두 개와 물 한 바가지, 피뢰침이겠지요. 아마 바다에 떠 있는 클라라도 당신이 건졌겠지요."

"그랬소." 존이 대답했다. "내가 그녀를 건져 올렸을 때 의식이 없어서 마구 문질러…"

내가 삽을 다시 올리며 소리쳤다. "존! 그만 해요."

"미안하오." 그가 말했다.

"괜찮아요. 하지만 계속 말하지 않아도 됩니다. 당신의 나머지 모험 이야기는 내가 잘 알고 있으니까요."

"어쨌든, 나는 이제 손을 떼겠소." 존이 우울하게 말했다. "당신이 원하는 대로 하시오. 나는 저 뒤쪽 우리 야영지에 괜찮은 옷을 한 벌 갖고 있는데, 잘 말려서 다려놓았으니 이제 그 옷을 입을 거요."

그가 힘없이 일어났고, 이디스가 그 옆에 서 있었다.

"해럴드 씨, 당신에게 말할 것이 하나 더 있소. 이 섬은 사람이 전혀 살지 않는 무인도가 아니오."

"무인도가 아니라고요?" 클라라와 이디스가 동시에 소리쳤다. 그들은 각각 자신의 염소 가죽옷을 재빨리 내려다보았다.

"말도 안 돼요, 존." 내가 따졌다. "이 섬은 서인도 제도의 모래톱 중 하나예요. 해적들이 상륙했던 모래톱 중 하나란 말이요. 여기서 해적들이 배를 기울여서…"

"배를 기울여 무엇을 했단 말이오?" 존이 되물었다.

"배를 기울여 이쪽 끝에서 저쪽 끝까지 수리했지요. 여기서 물도 얻고, 보물도 묻었겠지요. 하지만 그 이후로 이 섬은 야생 갈매기만의 집으로 남아…"

"잘 알겠소. 하지만 이런 모래톱에는 그런 일만 일어나는 게 아니라오. 여긴 서인도 제도가 맞지만, 3킬로도 떨어지지 않은 반대쪽 끝에는 여름 호텔이 있소."

"여름 호텔이라고요?" 우리가 소리쳤다.

"그렇소, 호텔. 나는 내내 혹시나 하고 의심했었소. 첫날 해변 위에서 테니스 라켓을 주운 후에 산등성이를 넘고 정글을 통과했더니 호텔 지붕이 보였소. 다만…"

그가 상당히 부끄러운 듯 덧붙여 말했다. "클라라에게 말하고 싶지 않았소."

"오, 정말 비겁하군요! 당신 뺨을 후려갈기고 싶어요."

클라라가 분개했다.

그러자 이디스가 말했다. "어딜 감히 손을 대요. 분명히 당신도 존 만큼이나 그 사실을 알고 있었을 거예요. 그리고 어쨌든, 나도 그 사실을 확신하고 있었어요. 해변에 놓인 점심 바구니 안에서 지난주 신문을 발견했지만, 해럴드 씨가 보지 못하도록 숨겼어요. 그에게 상처를 주고 싶지 않았으니까요."

그 순간 존이 바다를 향해 손을 가리키며 소리쳤다.

"보시오. 세상에나, 저기 좀 봐요!"

4백 미터도 채 떨어지지 않은 곳에서 모퉁이를 돌아 다가오는 거대한 흰 모터보트가 보였다. 갑판 위는 차양과 밝은색 파라솔로 화려하기 그지없었다.

"이런 일이!" 존이 외쳤다. "저 모터보트를 알고 있소. 저건 '애핀 존스'호요."

"애핀 존스호라고요?" 클라라도 외쳤다. "그렇다면 우리도 잘 알아요. 해럴드, 기억 안 나요? 허드슨강에서 그 가족과 함께 지낸 일요일 말이에요."

우리는 모두 본능적으로 바위 뒤로 뛰어들어 몸을 가

렸다.

"뭘 어떻게 해야 할까요?" 내가 물었다.

이디스 크로이든이 대답했다. "우리 물건을 챙겨야지요. 존, 당신은 옷이 준비되어 있으니 달려가서 갈아입고 저 모터보트를 멈춰요. 해럴드 씨 부부와 저는 당신이 그들과 얘기하는 동안 우리 물건을 정리할게요. 어쨌든 제 옷은 거의 다 준비되어 있어요. 누군가 올지도 모른다고 생각했었거든요. 해럴드 씨, 달려가서 제 물건 좀 가져다주시겠어요? 짐이 꾸러미 안에 다 들어 있어요. 그리고 클라라 부인, 거울과 핀 몇 개를 갖고 있다면 저랑 같이 가서 함께 옷을 입어요."

같은 날 저녁 우리는 호텔 베란다에 편안히 모여 있었다. 애핀 존스가 우리를 초대하겠다고 고집을 부리는 통에 우리는 시가와 차가운 샴페인을 곁들여, 감탄하며 귀 기울이는 청중들에게 우리의 모험을 말하고 또 말했다. 다만 딱 한 가지는 묵시적으로 합의를 이루어 서로 말하지 않았다. 클라라와 나는 크로이든 부부가 각각 다른 야영지에서 지냈다는 것을 설명한다면 불필요한 소문을 일으킬 뿐이라고 생각했다.

그 후 우리가 안전하고 편안하게 뉴욕으로 돌아갔다는 말은 굳이 할 필요도 없을 것이다.

클라라와 내가 크로이든 부부와 작별 인사를 할 때, 아쉽지는 않았으나 그들 부부가 즐거운 여행 동무였다고 생각했다.

우리가 차를 타고 멀어질 때 내가 클라라에게 말했다.

"안녕이라는 말은 늘 고통스러운 것 같아. 아주 묘하게도 내가 험포, 그러니까 등이 굽은 버펄로를 히말라야에서 사냥할 때 말이지…"

"그 얘기 좀 해 주세요, 여보." 택시 안에서 내 옆에 바싹 달라붙은 클라라가 속삭였다.

5화. 하일랜드 아가씨 해나와 오처라처티 호수의 지주

'묵은 원한이 고개 들어 인사할 때,
콧방귀 뀌며 웃어넘겨라!
세상에는 많은 것이 있지만,
사랑은 많지 않나니.
아무리 구슬피 울어도 더는 볼 수 없으리,
스코틀랜드인의 전통인 어여쁜 반바지를!'

짧은 민요가 아침 하늘에 상쾌하고 감미롭게 울려 퍼졌다. 목소리의 주인은 하일랜드 아가씨 해나였다. 그녀는 협곡 사이를 흐르는 개울에서 가재를 잡고 있었다.

그녀 주위에는 전형적인 하일랜드의 풍경이 펼쳐져 있었다. 개울 양쪽으로는 야생 그대로의 언덕이 약 20미터 높이로 솟아 있고, 양쪽 언덕 모두 빽빽한 숲이 90미터 정도 길게 뻗어있었다. 개울 아래쪽에는 스코틀랜드 특유의 아름다운 호수가 언덕 사이에 자리 잡고 있었다.

호수는 아래쪽에서 다시 협곡 사이를 지나 바다로 이어진다. 해나가 서 있는 개울 옆으로 구불구불 난 도로는 언덕을 지나 호숫가를 돌아 다시 절벽을 타고 협곡까지 이어져 있다.

하일랜드를 찾은 관광객들은 오처라처티 협곡보다 아름다운 명소를 찾기 어려울 것이다. 마찬가지로 그만큼 역사적 사건의 배경이 되었던 곳도 없다.

보니 프린스 찰리(영국과 스코틀랜드의 왕위 요구자-옮긴이)가 컬로든 전투(스튜어트가의 제임스 2세와 그 자손을 영국의 정통 군주라고 주장한 세력이 1745년 잉글랜드군에 대항한 전투-옮긴이) 패배 후 숨어 지내던 곳이 바로 이 협곡이었다.

거의 같은 장소에 아직도 놓여 있는 커다란 바위는 브루스(스코틀랜드의 왕으로 1314년 에드워드 2세가 이끄는 잉글랜드 군대의 침공을 배넉번에서 막아냈음-옮긴이)가 배넉번 전투 후에 숨어 있던 곳이기도 했다.

그보다 더 작은 많은 바위 뒤에도 서약자(17세기 스코틀랜드에서 영국 국교회에 맞서 장로주의를 지지한다고 서약한 이들-옮긴이)들이 스튜어트 왕가의 박해가 절정에 달했을 때 몸을 숨겼다.

몬트로즈 후작(왕당파와 의회파의 내전 때 찰스 1세를 받들어 왕당파로 싸운 스코틀랜드의 군인-옮긴이)도 협곡을 가로질러 운명의 킬리크랭키(그림피언 산맥에 위치한 고개-옮긴이)로 말을 달려갔다.

윌리엄 윌리스(스코틀랜드의 기사이자 독립 영웅-옮긴이)가 롭 로이(스코틀랜드의 무법자이자 의적이었음-옮긴이)의 분노를 피해 도망치다가 협곡의 아래쪽 끝에 있는 바위 뒤에서 잠시 멈춰 반바지를 갈아입었다는 일화가 전해진다.

이러한 역사적 배경 때문에 그 장소에는 암울한 기운이 서려 있다. 정말로 스코틀랜드 역사상 큼직한 사건들이 대부분 그 협곡에서 일어났으며, 그 작은 호수는 그램피언 산맥 역사상 가장 통쾌하다고 손꼽히는 여러 해상전투의 배경이었다.

하지만 이 4월의 아침은 너무나 평화로워서 협곡의 피

비린내 나는 역사를 떠올릴 만한 요소가 하나도 없었다. 지금은 협곡의 가장자리가 가시금작화, 딱총나무, 가지 나무와 카네이션으로 울창했다.

협곡 주변의 숲에서는 개똥지빠귀, 홍방울새, 까치, 갈까마귀와 하일랜드에 서식하는 다른 새들의 노랫소리가 크게 울려 퍼졌다.

정말로 눈부시게 아름다운 스코틀랜드의 아침이었다.

비가 부슬부슬 내려 숲에 수분과 습기를 주었고, 발밑 이끼를 촉촉하게 적셔주었다. 습하면서도 상쾌한 냉기를 품은 회색 안개도 여기저기 깔려 있었다.

고향을 떠난 지 오래된 스코틀랜드인이 눈물을 흘릴 때가 바로 그런 아침 풍경을 떠올릴 때이다. 스코틀랜드인은 빗방울이 떨어지는 모습이나 젖은 넝마 소리만 들어도 가슴 깊숙한 곳에서부터 뭉클함을 느낀다고 한다.

아름다운 하일랜드 아가씨 해나는 노래를 부르고 있었다. 상큼하고 젊은 목소리가 비를 뚫고 높이 울려 퍼졌다. 새들까지도 그녀의 노래를 들으려고 잠시 멈추는 듯했다. 게일어로 된 민요를 들을 때는 나뭇가지에서 툭 하고 잔디밭으로 내려오기까지 했다.

하일랜드 아가씨는 서 있는 모습만으로도 한 폭의 아름다운 그림이었다.

발목까지 개울에 담근 그녀의 맨발 주위로 잔물결이 찰랑거렸다. 가재는 그녀의 발 주위에서 노닐거나 발가락에 애교를 부리듯 매달렸다. 마치 물에서 떠나기 싫다는 듯 그녀의 푸른 앞치마 주위로 모여들었다. 가재를 좋아하는 누구라도 매혹당할 만한 장면이었다.

아가씨의 금발 머리칼은 난로 연통에 사용하는 철사를 이용해 하나로 묶여 뒤로 넓게 퍼져 있었다.

"가재 한 마리만 나한테 팔래요?"

해나가 올려다보니 몇 미터 떨어진 곳에서 개울에 발을 담근 채 서 있는 젊은 남자가 보였다.

어여쁜 하일랜드 아가씨는 홀린 듯 남자를 빤히 바라보았다.

틀림없이 더 높은 계층의 사람 같았다.

낚싯대와 바구니를 손에 들고 있는 남자는 영국 신사가 연어 낚시를 할 때 입는 전형적인 의상을 입고 있었다. 연어 낚시용 부츠가 허벅지까지 올라와 있고, 허리에 느슨하게 낚시 벨트가 고정된 낚시 재킷을 입었으며, 머리에는 작은 낚시 모자를 썼다.

바구니에는 물고기가 한 마리도 없었다.

남자는 하일랜드 아가씨에게 가까이 다가갔다.

해나는 남자를 보자마자 그가 새로운 지주인 이안 맥귀너스가 틀림없다고 생각했다.

그녀는 첫눈에 그에게 반해버렸다.

"팔다니요, 별말씀을요."라고 말하며 해나가 젊은 남자에게 가장 좋은 가재를 건네주었다.

그는 가재를 받아 바구니에 넣고는 주머니를 뒤져서 6펜스짜리 은화를 꺼내며 말했다. "아니에요. 가재 값을 치르게 해 주세요."

해나는 6펜스 은화를 받아서 잠시 쥐고 있었지만, 이내 하일랜드인으로서 자존심이 상해 얼굴을 붉히며 대꾸했다.

"앞으로는 돈을 받고 물고기를 팔지 않을 거예요."

여자의 말에 담긴 무엇인가가 가슴에 와 닿았던 그는 여자에게 다시 반 크라운(2실링 6펜스에 해당하는 은화-

옮긴이)을 건넸다. 경쾌하게 휘파람을 불며 남자는 개울 밖으로 성큼성큼 걸어갔다. 해나는 멀어지는 남자를 넋을 잃고 바라보았다. 그러다 자기 이름을 부르는 성난 목소리에 몽상에서 화들짝 깨어났다.

"해나야! 해나야, 집으로 냉큼 오거라. 바보 같은 계집애 같으니. 거기 서서 지금 맥귀너스 자손을 훔쳐보는 거냐?"

그때서야 해나는 자기가 무엇을 하고 있는지 깨달았다.

맥귀너스 가문과 말을 섞다니, 그건 맥샤무스 가문이 지난 150년간 하지 않은 일이었다. 거의 200년 동안 맥샤무스와 맥귀너스 가문은 같은 협곡에 살면서도 철저히 분리된 삶을 살았다.

스코틀랜드 사람들의 삶이 지금도 산산조각이 난 것은 이 고통스러운 분열 때문이었다. 분열은 종교적인 믿음의 차이에서 비롯되었다.

때는 여섯 대代를 거슬러 올라간 하일랜드의 어느 연회장에서였다. 당시에는 시대적 풍조가 거리낌 없이 진탕 먹고 마시는 쪽으로 기울었던 터라 연회장에서 벌어진 종교적 토론이 건잡을 수 없는 분노로 급격히 번지기도 했다.

반항심이 가득한 칼뱅주의자였던 샤무스 맥샤무스는 술에 취해 반쯤은 제정신이 아닌 상태로 주장하기를, 믿음이 있어야만 지옥에 떨어질 수 있다고 떠벌렸다.

반면 윔퍼 맥귀너스는 믿음 없이 착한 일을 해도 지옥에 떨어질 수 있다고 주장했다. 술기운에 격앙된 맥샤무스는 귀리로 만든 비스킷으로 맥귀너스의 관자놀이를 때려서 죽였다.

맥샤무스는 재판에 회부되었다. 오처라처티에서 가장 노련한 변호사들의 변호를 받았기에 그는 벌을 받지 않고 무죄선고를 받았다.

무죄선고를 받던 날 밤, 살해당한 남자의 아들인 완거스 맥귀너스가 절벽으로 올라가는 협곡 도로의 모퉁이에 숨어서 샤무스 맥샤무스를 기다렸다가 백파이프로 만든 총으로 그를 쐈다.

그로부터 150년 동안 두 가문의 지독한 불화가 쉽사리 꺼지지 않은 채 맹렬히 계속되었다.

대代가 거듭될수록 두 가문의 차이가 더 극명해졌다.

그들은 모든 면에서 달랐다. 서로 다른 체크무늬 옷을 입었고, 다른 목사의 설교를 들었으며, 다른 브랜드의 위스키를 마셨고, 천벌에 관해 다른 교리를 떠받들었다.

맥귀너스 가문은 부자가 되었고, 반대로 맥샤무스 가문은 가난해졌다.

한 대代에 적어도 한 번은 맥귀너스나 맥샤무스 가문 사람들이 총을 맞았는데, 장소는 항상 절벽 끝으로 올라가는 협곡 도로가 꺾어지는 모퉁이에서였다.

2대代가 지났을 무렵, 맥귀너스 가문은 자기 땅에서 석탄 광산을 발견해 벼락부자의 반열에 올랐다.

맥샤무스가를 향한 경멸을 표현하려고 맥귀너스 가문은 협곡을 떠나 미국으로 이주했다.

맥샤무스 가문은 맥귀너스를 향한 경멸을 표현하고자 협곡에 남았다. 불화는 두 가문의 기억 속에 생생히 살아 있었다.

맥귀너스가의 후손이 돌아와서 협곡 옆에 있는 오처라처티 지주의 재산을 사들였다. 이안 맥귀너스는 두 가문의 불화를 전혀 몰랐다. 다른 환경에서 자란 그에게 스코틀랜드의 전통은 아무 의미가 없었다. 그는 완전히 달랐다. 그에게 체크무늬는 색깔이 있는 천 조각일 뿐이었다.

그는 핼러윈 댄스파티를 위한 가장무도회 의상으로만 킬트(스코틀랜드 남자들이 입던 체크무늬의 짧은 치마-옮긴이)를 입었고, 비가 오면 비옷을 입었다.

그는 이제 스코틀랜드인이 아니었다. 한술 더 떠서 그는 아리따운 미국인 아내와 결혼했다. 그의 아내는 미국 중서부의 통조림 공장 지대 출신이었다. 땀띠 분을 뿌린 듯한 흰 금발 머리에 밀가루 반죽처럼 흰 얼굴이었고 몸집은 매우 통통했다.

이안 맥귀너스는 그녀의 노예나 다름없었다. 아내를 위해 그는 해나에게 가재를 샀다. 또한 아내를 위해 아름다운 하일랜드 아가씨를 유심히 살펴보았다. 그의 아내가 스코틀랜드 하녀를 시카고로 데려가고 싶어 했기 때문이다.

가슴 속에 새로운 사랑의 설렘을 품은 해나는 아버지

오이스터 맥오이스터 맥샤무스를 따라 오두막집으로 들어갔다. 오이스터 맥오이스터는 고령임에도 스코틀랜드식 남자다움을 보여주는 훌륭한 표본이었다. 아흔일곱인 그는 많은 시골 사람들처럼 세월에 유린당한 몸과 얼굴을 보여주는 시기로 다가가고 있었다.

그러나 늘 대쪽같이 몸을 꼿꼿이 세웠으며, 훤칠한 키와 하일랜드 전통 의상 덕분에 그의 건강한 체형은 매우 돋보였다.

이 의상은 어깨 중간부터 허리까지 내려오는 딱정벌레 등딱지처럼 생긴 검은 색 벨벳 재킷과 허리 중간부터 허벅지까지 이어지는 짧은 체크무늬 킬트로 구성되었는데, 체크무늬는 맥샤무스 가문 특유의 문양이었다.

허리 아래로 살펴보면 이 의상 패턴이 잠시 간격을 두고 다시 등장한다. 말아 올린 골프 스타킹이 무릎 중간까지 이어지고, 하프 슈즈(앞부분은 구두와 같지만, 뒤꿈치 부분이 없는 일종의 슬리퍼-옮긴이)를 신은 발을 고정하는 하일랜드 버클이 발등 중간까지 올라와 있었다.

머리에는 귀와 정수리 중간쯤에 스코틀랜드 모자를 썼는데, 모자에 달린 코뿔소 털이 공중으로 거의 솟아 있었다.

그는 걸으면서 팔 아래로 둘러맨 백파이프를 불어 깊고 구슬픈 소리를 냈다. 그 소리를 들은 많은 이에게 서글픔과 체념, 절망의 감정을 깊이 각인시켰다.

오두막집의 문에서 오이스터 맥샤무스가 몸을 돌려 딸을 노려보며 사납게 다그쳤다.

"이안 맥귀너스가 개울가에서 너한테 뭐라고 말했지?"

"별말 없었어요." 해나가 대답했으나 아버지의 분노를 두려워하기보다는 진실이 더 중요했으므로 덧붙여 말했다. "제게 생선값으로 6펜스를 줬어요."

"은화!" 하일랜드인이 소리를 빽 질렀다. "맥귀너스 후손에게 은화를 받았다고!"

해나가 6펜스를 아버지에게 건넸다. 오이스터 맥오이스터는 은화를 땅바닥에 격렬하게 집어 던졌다. 그걸 주운 다음 온 힘을 실어 오두막집 담벼락에 던졌다. 그러더니 은화를 다시 주워 과격하게 킬트 주머니에 쑤셔 넣었다.

부녀는 집으로 들어갔다.

해나는 그날 밤처럼 시무룩한 아버지의 얼굴을 처음 보았다. 집 안 분위기까지 달라 보였다.

해나와 부모님은 그날 밤 식탁에 둘러앉아 소박한 오트밀 죽과 스카치위스키를 조용히 먹었다. 저녁에 어머니는 방적기 앞에 앉았다. 어머니는 옷 만들기를 좋아했기 때문에 부지런히 손을 놀렸다.

장남 제이미가 에든버러에서 대학을 다니며 목사가 될 준비를 하고 있었다. 아들의 졸업식이 다가오고 있었으므로 제이미의 어머니는 그날을 위해 아들에게 줄 반바지를 만들고 있었다. 바지는 깜짝 선물이 될 터였다. 이미 바지는 형태를 갖추고 있었다.

오이스터 맥샤무스는 앉아서 조용히 구약 성경을 읽고 있었다. 해나는 벽난로 불을 바라보며 아름다운 젊은 지주를 생각했다. 아버지는 딱 한 번 그에 대해 말했었다.

"맥귀너스 가문이 돌아온다는구나."라고 말하는 아버지의 눈길은 벽에 걸린 오래된 화승총으로 향했다.

그날 밤 해나는 가문 간의 불화와 협곡, 개울, 사랑, 가재, 그리고 오처라처티 호수의 지주에 관해 꿈을 꾸었다. 다음 날 아침 일어날 때 해나의 눈에는 아쉬움이 가득했다. 입에서는 여느 날처럼 노래가 나오지 않았다.

며칠이 흘렀다.

아리따운 하일랜드 아가씨는 매일 아버지 모르게 젊은 지주를 바라보았다. 아침마다 이안이 낚시하러 개울에 나올 때 해나는 그를 보았다.

가끔은 낚시 복장을 갖추고 있었지만, 또 가끔은 흑백 체크무늬의 니커 바지에 헐렁하고 편안한 셔츠를 입기도 했다.

그를 위해 아리따운 하일랜드 아가씨는 더 아름답게 꾸몄다. 아침마다 큰엉겅퀴를 엮은 화관을 만들어 머리에 쓰고 가슴에는 우엉 가지를 핀으로 꽂았다.

가끔 이안이 해나에게 말을 걸 때마다 그녀는 그의 말을 가슴속에 소중히 간직했다. 한 번은 멀리서 해나의 아버지를 본 이안이 치마를 입은 저 늙은 정어리는 누구냐고 묻자 해나가 기꺼이 아버지라고 대답했다.

어부의 딸로서 자기 아버지가 정어리라고 불리는 것

이 자랑스러웠기 때문이다.

또 한 번은 이안이 해나에게 집안일도 잘하느냐고 물었다. 이 질문에 해나의 심장이 얼마나 두근거렸는지 모른다. 그녀는 어머니가 오빠 제이미를 위해 만들고 있는 반바지와 똑같은 바지를 그에게 만들어주기로 마음먹었다.

저녁마다 해가 뉘엿뉘엿 질 때쯤이면, 해나는 창가에 서서 젊은 지주가 자동차를 타고 협곡 도로를 따라 바닷가로 내려가는 모습을 몰래 지켜보곤 했다. 그는 항상 절벽 꼭대기에 있는 급커브에서 차의 속도를 늦췄다.

여섯 대代동안 맥귀너스가의 누구도 해 질 녘에는 목숨 걸고 그 장소를 지나가지 않았다. 하지만 이안 맥귀너스는 두 가문의 불화를 전혀 몰랐다.

가끔 오이스터 맥오이스터는 길가에 서 있다가 이안이 지나가는 모습을 보고는 그의 뒤통수에 대고 게일어로 저주를 퍼부었다.

한 번은 아버지가 집에 없을 때 해나가 길가에 서 있었는데, 이안이 차를 멈추더니 그녀를 옆에 태우고 드라이브를 하러 간 적도 있었다. 해나는 속으로 심장이 터질 듯 두근거렸지만, 자동차 조작법을 설명하는 이안의 말을 가만히 듣고만 있었다.

해나가 맥귀너스의 후손 옆에 그렇게 앉아 있다는 것을 그녀의 아버지가 알았더라면 그녀는 앉은 자리에서 아버지 손에 죽고 말았을 것이다.

해나의 비극적인 사랑은 결말을 향해 빠르게 치달았다. 매일 해나는 개울가에서 젊은 지주를 만났다.

날마다 그녀는 이안에게 가장 좋은 가재를 주었고, 매일 새로운 엉겅퀴 화관을 머리에 썼다. 매일 밤 어머니가 주무실 때 몰래 그의 반바지도 만들었다.

젊은 지주는 집에 도착해서 흰 금발의 아내에게 하일랜드 어부 아가씨가 보이는 것만큼 아주 바보는 아니더라고 말했다.

드디어 운명의 오후가 왔다.

이안은 개울에서 해나 옆에 서 있었다.

"해나…" 그가 그녀를 향해 몸을 숙이며 말했다. "너를 미국으로 데려가고 싶어."

해나는 그 자리에서 기절해 그의 품에 안겼다.

이안은 그녀를 나무에 기대어 놓고는 집으로 돌아갔다.

한 시간 후에 해나가 집으로 돌아왔을 때, 아버지가 벽난로 앞에 서 있었다. 그의 시선은 불에 고정되어 있고, 손에는 화승총이 들려 있었다. 아버지 얼굴은 가문의 불화를 생각할 때마다 나타나는 시무룩한 표정이었다. 입술에서는 낮은 욕설이 중얼거리듯 흘러나왔다.

어머니 엘렌은 아버지의 팔에 매달려 그를 진정시키려고 애썼으나 소용이 없었다.

"그놈은 천벌을 받을 거야. 놈이 사탄의 기계를 타고 지나가는 밤에 내가 죽여 버릴 거거든." 오이스터 맥샤무스가 중얼거렸다.

그제야 해나는 개울가에서 이안과 함께 있는 자신의 모습을 아버지가 봤다는 사실을 깨달았다. 그녀는 몸을 돌려 집에서 도망쳤다. 이안에게 경고하려고 곧장 도로를 가로질러 오처라처티 지주의 저택으로 달렸다.

오로지 아버지의 분노로부터 그를 구하겠다는 생각뿐이었다. 하일랜드 아가씨가 달리는 사이 주위로 서서히 어둠이 내렸다. 비구름과 폭풍우가 몰려와 하늘에 낮게 걸렸고, 머리 위에는 발작하듯 번개가 번쩍였다.

그래도 해나는 달렸다. 그녀 주변으로 천둥이 우르릉거렸다. 불어난 개울물이 성난 듯 굉음을 냈다. 어둠 속에서 폭풍이 몰아치며 하일랜드 돌풍의 위력을 과시했다. 하늘이 맹렬한 비바람에 찢겨버린 것만 같았다.

그래도 해나는 계속 달렸다. 주위에서 번개가 치고 또 쳤지만, 그녀는 꿋꿋이 계속 달렸다. 돌부리에 걸려 넘어지고, 바퀴 자국에 발을 헛디뎌 비틀거리기도 했으며 울타리를 들이받기도, 돌로 만든 벽에 부딪히기도 했다.

그러나 그녀는 멈추지 않고, 점점 더 빨리 달렸다. 폭풍우는 지독했다. 번개, 불, 화염, 천둥이 주변 여기저기에 떨어졌다. 나무는 쓰러지고, 이동식 울타리가 날아다녔으며, 새들도 벼락을 맞아 땅에 떨어졌다. 개와 양, 심지어 소까지도 공중으로 날려갔다.

그녀는 지주의 저택에 도착해서 문에 잠시 서 있었다.

폭풍은 잠잠해졌고 비도 그쳐서 잠시 정적이 찾아왔다. 저택 창문에서 불빛이 새어 나왔다. 해나가 잠시 숨을 고르려는 순간 가슴이 덜컹 내려앉았다. 안에서 들리는 여자 목소리가 그녀의 예민한 귀에 꽂혔다. 그녀는 창문으로 다가가 안을 들여다보았다. 하일랜드 아가씨는 그 자리에 뿌리박힌 듯 꼼짝 못 하고 서서 유리창 안을 뚫어지게 보며 소리에 귀를 기울였다.

이안이 소파에 누워 있었다. 그가 입은 헐렁한 잠옷 덕분에 그의 파리한 아름다움이 더 돋보였다. 그 옆에는 파우더를 뿌린 듯 흰 금발 머리 여자가 앉아서 그에게 초콜릿을 먹여주고 있었다.

해나는 상황을 알아차렸다. 이안은 그녀의 사랑을 가지고 논 것이다. 그녀의 마음을 얻으려고 가재를 샀고, 결국 그 마음을 던져버렸다.

해나는 창문에서 돌아섰다. 그녀는 목에 걸린 엉겅퀴 화관을 잡아 뜯어 바닥에 내던졌다. 그때 고개를 돌리자 헛간에 서 있는 자동차가 보였다.

"저 사탄의 기계!" 그녀가 하일랜드인의 광기가 서린 눈빛을 이글거리며 중얼거렸다. 자동차로 돌진해서 위에 덮인 방수포를 거칠게 찢으며 소리쳤다. "아버지, 이제 복수의 밤을 기다릴 필요가 없을 거예요."

잠시 후에 해나가 몰고 나온 자동차가 도로를 천둥처럼 우르릉거리며 협곡을 향해 질주했다. 차는 최고속도로 내달렸다. 제정신이 아닌 해나는 차가 이리저리 흔들리며 내리막길을 질주하자 운전대를 꼭 붙잡았다.

폭풍이 다시 격렬해졌다. 천둥소리가 바다를 향해 미친 듯이 질주하는 자동차의 굉음과 한데 뒤섞였다.

자동차의 헤드라이트가 앞을 눈부시게 비추었다. 자동차의 요란한 불빛이 순식간에 나무와 개울을 비추며 지나쳤고, 오이스터 맥샤무스의 눈을 비추어 잠시 그의 눈을 멀게 했다.

오이스터는 손에 화승총을 든 채 절벽 아래에 허리를 꼿꼿이 세우고 서서, 유구한 하일랜드인의 피가 솟구쳐 오르는 것을 느끼며 자신에게 돌진하는 맹렬한 유령을 마주했다.

모든 것이 순식간에 끝나버렸다. 헤드라이트의 번쩍이는 불빛, 화승총이 발사되는 소리, 크게 울리는 천둥소리와 함께 헌신적인 하일랜드 아가씨를 품은 자동차가 공중에 치솟아 절벽 아래로 고꾸라졌다.

사람들은 아침에 절벽 아래에서 자동차를 발견했다.

차는 반쯤 모래 속에 파묻혀 미동도 없이 옆으로 누워, 폭풍이 지나가고 이제는 고요한 푸른 하일랜드의 하늘을 향해 눈을 치켜뜨고 있었다. 자동차는 조용히 그리고 가만히 누워있었다. 바닷새들도 비행을 멈추고 그 광경을 내려다보는 것 같았다.

모여든 스코틀랜드 사람들은 가만히 서서 공손하게 경외심이 깃든 눈빛으로 차를 바라보았다. 아무도 차를 다시 조립하려 하지 않았다. 부질없는 짓이었다.

연료관은 비틀리고 구부러졌고, 연료탱크는 터져버린 데다, 바퀴는 부서져 나뒹굴었으며, 운전대는 완전히 박살 났다. 자동차는 다시 달리지 못할 운명이었다.

잠시 후 그들은 슬픔에서 벗어나 정신을 차리고 해나를 찾아다녔다. 드디어 해나를 찾았다. 그녀는 금발 머리가 휘발유에 흠뻑 젖은 채로 모래와 해초에 파묻혀 누워 있었다.

다음으로 사람들은 오이스터 맥샤무스를 찾았다. 그도 위스키에 흠뻑 젖은 채 풀밭에 반쯤 묻혀 있었다.

그다음으로 어머니 엘렌이 발견되었다. 그녀는 제이미의 반바지를 입은 채 오두막집의 문간에 가로질러 누워 있었다.

사람들은 가족을 한곳에 모았다. 목숨이 끊어지지는 않았다. 그들은 해나 가족의 손을 비벼서 따뜻하게 하고 발을 주물렀다. 배에는 뜨거운 벽돌을 올려놓고, 목에는 뜨거운 위스키를 부었다. 그러자 그들이 살아났다.

당연히.

항상 그렇듯이.

그들 모두 살았다.

불화는 끝이 났다. 그걸로 끝이었다. 해나가 두 가문의 불화를 불운으로 만들어버렸다.

6화. 누가 범인일까?

(미궁의 살인사건)

〈메트로폴리탄 플래닛〉의 오후 판이 인쇄되는 중이었다. 1분당 오천 부의 신문이 거대한 윤전기에서 누에꼬치가 실을 뽑듯 찍혀 나오고 있었다. 브로드웨이를 점령한 거대한 '플래닛' 건물에는 직원들, 기자, 광고주 등이 물밀듯이 들락거렸다. 그들을 한 줄로 세우면(물론 그들이 동의할 것 같지 않지만) 강 건너 맨해튼 섬까지 닿을 것이다. 떼를 지어 행진하게 하면 술집 하나를 지나치는 데 한 시간은 걸릴 것이다. 틀림없이.

거대한 건물 전체가 온통 소란스러웠다. 전화기, 확성기, 음악 소리가 도처에서 울리고 있었다. 엘리베이터는 쉴 새도 없이 계속 올라갔다 내려가기를 반복했다.

오직 한 곳만 쥐 죽은 듯 조용했다. 그 방에는 조직 전체가 의존할 만큼 대단히 똑똑하고 덩치도 큰 어떤 남자가 앉아 있었다.

플래닛사의 국장인 매스터먼 스록튼은 중년의 남자였다. 묵직함을 여실히 드러내는 묵직한 골격에는 형언할 수 없는 아우라가 있었다. 균형 잡힌 지적 능력을 암시하는 균형 잡힌 큰 머리에서는 언론인으로서의 확실한 자질이 엿보였다. 그러나 그의 무표정한 얼굴은 도무지 속을 헤아릴 수 없었다.

국장은 여기저기 잉크를 묻힌 채 회전의자에 앉아 있었다. 북미 대륙의 뉴스를 연결하는 모든 실과 필라멘트가 이 남자의 위대한 머리를 스쳐 지나갔다. 그중 하나만 끊겨도 대륙 전체가 멈추고 말 것이다.

우리의 이야기가 시작되는 순간(그전에 벌어진 일들은 의미가 없으므로) 쪽지 하나가 전해졌다.

국장이 쪽지를 읽었다. 그는 순식간에 내용을 이해했다.

"이럴 수가!" 그가 소리쳤다. 단단하고, 과묵하고, 반쯤 냉정한 이 남자가 할 수 있는 가장 강한 표현이었다. 그에게 그보다 강한 표현은 불경스러운 말에 가까웠다.

"이럴 수가!" 그가 반복해 말했다. "키버스 켈리가 살해당했다고? 자기 집에서? 아니, 그는 어젯밤에 나랑 저녁을 먹었는데! 내가 집까지 차로 데려다줬는데!"

잠시 덩치 큰 남자는 생각에 잠겼다. 짧은 사색의 순간이 끝나고, 곧 본능이 꿈틀거렸다.

"자네는 가도 좋네." 그가 메신저에게 말했다. 그러고는 옆에 놓인 전화기를 들고(그는 전화를 거는 내내 생각을 멈추지 않았다) 쓸데없는 말 한마디도 하지 않고 조용하고 신중한 어조로 말했다.

"여보세요, 교환원! 트랜섬 켄트와 통화하고 싶소. 켄트 자넨가? 나 스록튼이네. 리버사이드 드라이브에 있는 켈리의 집에서 살인사건이 발생했네. 자네가 가서 취재해 줬으면 좋겠네. 다 알아 오게. 돈은 아끼지 말고. 플래닛이 자네 뒤에 있네. 차비는 있겠지? 좋아."

다음 순간 국장은 회전의자를 거의 40도 정도 돌려 평소 일하는 방식대로 예루살렘에서 전신으로 들어온 속보를 읽고 있었다.

트랜섬 켄트는 노면 열차에 올라타 전속력으로 리버사이드 드라이브를 향해 북쪽으로 달렸다. 도심을 벗어나자 신문팔이 소년이 이미 "사교클럽 회원이 살해당했다! 사교클럽 회원이 또 살해당했다!"라고 외치고 있었다. 켄트는 정신없이 소년에게 1센트 동전을 던져 신문을 산 다음 그 비극에 관한 짤막한 기사를 읽었다.

잘 알려진 사교클럽 회원이자 파티광인 키버스 켈리는 리버사이드 드라이브에 있는 그의 자택에서 숨진 채 발견되었는데, 모든 정황상 살해된 것이 분명했다. 그 불행한 사교클럽 회원은 발견될 당시 정장을 갖춰 입고 당구실 바닥에 등을 댄 채 누워 두 발은 당구대 끝부분에 올려져 있었다.

정장용 타이로 추측되는 폭이 좁은 검은 스카프 안으로 당구 큐가 밀어 넣어진 채 목 주위에 단단히 휘감겨 있었고, 얼굴은 미소를 머금고 있었다.

교살로 사망한 것이 분명해 보였다. 총알구멍 두 개가 몸을 관통해 앞뒤로 나 있고, 멜빵은 뒤쪽에서 터져 있었다. 손은 가슴 앞에 가지런히 놓였는데, 한 손으로는 여전히 흰 당구공을 쥐고 있었다. 방에는 어떤 몸싸움의 흔적도 없었다. 피해자의 정장 재킷에서는 네모난 천 조각이 떨어져 나가고 없었다.

같은 신문의 사설에서는 그 살인사건의 일반적인 면을 거론했다. 이 사건은 지난 2주일간 세 번째로 벌어진 사교클럽 회원 살인사건이었다. 불필요하게 우려를 자아내는 관점을 취하지 않으면서도 신문은 사교클럽 회원 살인이 멈춰져야 한다고 말했다.

모든 일에는 한계가, 타당한 한계가 있는 법이다. 왜 사교클럽 회원이 죽어야 하는가? 그렇다면 왜 한심한 사교클럽 회원이 살아야 하는지 물을지도 모르겠다.

이건 요점에서 한참 벗어난 이야기이다. 어쨌든 그들은 살아있다. 결국, 공정히 말해 사교클럽 회원은 사회에 무엇을 요구하는가? 많지 않다. 기껏해야 와인, 여자들과 노래뿐이다. 왜 사교클럽 회원이 원하는 것을 갖도록 내버려 두면 안 되는가? 그들을 죽이는 것이 공정한가? 사교 활동에 빠지지 않는 대신 얻을 수 있는 지식의 이득이 사회적으로 잘못된 살인보다 대단한가?

사설의 저자는 지금의 살인 속도라면 다음 세대에는 사교클럽 회원이 씨가 마를 것으로 추정했다. 그들을 보존하기 위해 뭔가 조처를 해야 한다.

트랜섬 켄트는 탐정이 아니라 기자였다. 그는 하버드 대학에서 자기보다 앞선 이들을 모두 제친 후, 두 달 전 플래닛 신문사의 직원으로 입사했다. 그의 성공은 경이로웠다.

입사 첫 주에 미스터리 하나를 풀더니, 둘째 주에는 10년간 전국의 식품을 오염시킨 식품 포장 스캔들을 밝혀낸 것도 모자라, 셋째 주에는 주요 도시에서 가장 존경받는 사람들의 몇몇 비밀을 가차 없이 폭로했다.

플래닛에서 켄트가 해온 일이 거의 미스터리를 풀거나 밝히는 일이었으므로 국장이 그에게 의지하는 것은 당연했다.

그 저택은 사암으로 만든 멋진 건축물로 정원을 비롯

한 넓은 부지 안에 서 있었다. 켄트는 도착하자마자 경찰이 저택 주변에 노끈으로 두른 저지선을 발견했다.

병적으로 호기심을 좇는 사람들 무리가 두세 명씩, 일부는 네다섯씩 모여 있었다. 경찰이 모든 방향에서 담장을 등지고 서 있었다. 그들 모두 대도시 경찰들에게서 흔히 볼 수 있는 당혹스러운 표정이었다.

그들 중 하나가 옆에 서 있는 동료에게 말했다. "이 사건엔 도저히 이해할 수 없는 무언가가 존재하는 것 같아."

"나도 그렇게 생각해." 동료가 맞장구쳤다.

몸집이 크고 표정이 우울해 보이는 형사부 경감이 문기둥 옆에 서 있었다. 그는 트랜섬 켄트에게 침울하게 고개를 끄덕여 인사했다.

"당혹스러우시죠, 에드워드 경감님?" 켄트가 물었다.

"이번에도 당혹스럽소, 켄트 씨." 경감이 흐느끼는 목소리로 대답했다. "이 사건은 해결할 수 있을 줄 알았지만, 도저히 못 하겠구려."

그가 손수건으로 눈가를 닦았다.

그러자 켄트가 말했다. "시가 한 대 피우시죠, 경감님.

피우시면서 문제가 뭔지 좀 알려주세요."

경감의 눈이 밝아졌다. 다른 경찰들처럼 경감도 시가라면 사족을 못 썼다.

"좋소, 켄트 씨. 광적으로 호기심 거리를 찾는 저 구경꾼들 좀 쫓아버릴 테니 잠시만 기다리시오."

경감은 사람들을 향해 막대기를 던졌다.

켄트가 곧바로 질문했다. "저, 그렇다면 흔적이나 발자국은 어때요? 생각해 보셨습니까?"

"물론 첫 번째로 생각했소. 잔디가 온통 발자국 천지였고, 그 바람에 다 짓밟혀 있었으니까. 예를 들어 이것들 좀 보시오. 한쪽 발이 나무다리인 사람의 발자국이오."

그 말에 켄트가 고개를 끄덕였다.

"그러니 모든 개연성을 따져 볼 때, 이 발의 주인은 자바에서 막 상륙한 선원으로 손에는 싱가포르산 지팡이를 들고 허리띠에는 주석 피리를 매단 사람이오."

켄트가 생각에 잠겨 말했다. "맞아요, 저도 그렇게 생각했습니다. 피리의 무게 때문에 오른쪽으로 체중이 약간 더 실렸을 겁니다."

경감이 열의를 띠고 물었다. "켄트 씨. 자바에서 온 나무다리를 한 선원이 이런 살인을 저지를 수 있다고 생각하시오? 그가 살인을 저질렀겠소?"

켄트가 수사관처럼 대답했다. "물론이죠. 선원들은 보통 육지에 내리자마자 그런 짓을 합니다."

경감이 고개를 끄덕였다. "그리고 켄트 씨. 이 자국을 좀 보시오. 당신도 틀림없이 알아차렸을 거요. 이건 실직 중인 바텐더의 발자국인데, 알다시피 바텐더들은 금주령이 폐지되기만을 기다리고 있다오. 그들이 얼마나 깊은 절망감에 빠졌는지를 고려해보면…"

켄트가 끼어들었다. "맞아요. 살인도 저지를 수 있겠지요."

경감이 계속 말했다. "더 많은 발자국이 있지만 모두 소용이 없었소. 우리가 저지선을 두르는 동안에도 병적인 구경꾼들이 이곳을 구석구석 걸어 다녔으니 말이오."

"잠깐만요…" 켄트가 생각하려고 잠시 말을 멈추게 한 다음 물었다. "엄지손가락 지문은요?"

경감이 대답했다. "엄지손가락 지문이라…. 그건 말도

마시오. 집 안이 그걸로 도배되어 있다오."

"시칠리아 산적의 표식인 엄지 두덩(엄지손가락 쪽에 두툼하게 솟은 부분-옮긴이)이 특이하게 안으로 구부러진 지문이나 그와 비슷하게 이상한 이탈리아인의 엄지손가락 지문은 없었습니까?"

에드워드 경감이 침울하게 대답했다. "세 개가 있었소만. 켄트 씨, 엄지손가락 따위는 소용없소."

켄트가 다시 생각에 잠긴 다음 물었다. "경감님, 신비스러운 여인은 어때요? 주변에 그런 사람을 보셨나요?"

"오늘 아침 넷이 다녀갔소. 하나는 11시 30분에, 하나는 12시 30분에, 1시 30분에는 두 명이 함께 다녀갔다오. 적어도…" 경감이 슬프게 덧붙여 말했다. "나는 그들이 신비스럽다고 생각했소. 내 눈엔 모든 여인이 신비스러워 보이니까."

켄트가 말했다. "다른 방향으로 접근해 봐야겠어요. 전체 그림을 다시 구성해볼게요. 분석해서 연결고리를 찾아야 합니다. 키버스 켈리는 독신이었지요, 맞습니까?"

"그렇소. 여기서 혼자 살았소."

"아주 좋아요. 그와 20년간 함께 한 집사가 있을 것 같은데요…"

에드워드 경감이 고개를 끄덕였다.

"집사를 체포하셨겠지요?"

"즉시 체포했소. 우린 늘 집사를 체포한다오, 켄트 씨. 그들도 체포되리라 예상하고 있소. 사실 이 윌리엄스란 남자도 그 자리에서 제 발로 찾아왔소."

켄트가 계속 말했다. "그렇다면 어디 볼까요? 꼭대기 층에 사는 가정부는 완전히 청력을 잃은 지 10년이 됐단 말이죠?"

"그렇소."

"살인사건이 일어나는 동안 가정부는 아무것도 듣지 못했겠군요?"

"하나도 못 들었다는구려. 실제로 조용했다기보다 청각장애가 있어서 못 들었을지도 모르오."

"그렇군요." 켄트가 중얼거렸다. "그리고 굉장히 믿을 만한 마부가 아내와 함께 집 뒤편에 산다던데…"

"그는 살인이 일어난 밤에 아내를 데리고 친척을 만나러 갔다가 한참 후에야 돌아왔다고 했소. 켄트 씨, 우린 모두 철저히 조사했지만, 아무것도 건질 수 없었다오."

"이 집에 소속된 다른 사람이 있습니까?"

"켈리 씨의 속기사인 앨리스 딜레리가 있는데, 아침에만 온다고 했소."

켄트가 열의를 띠고 물었다. "그녀를 만나봤습니까? 어땠습니까?"

경감이 대답했다. "만나봤소. 보석 같은 여인이었소."

"하! 보석이라니!"

두 남자가 서로의 눈을 빤히 들여다봤다.

에드워드 경감이 생각에 잠겼다가 다시 말했다. "그렇소. 보기 드문 미인이었지."

갑자기 직감과 영감이 섬광처럼 빠르게 젊은 기자의 뇌리에 스쳤다.

이 여인, 이 보기 드문 미인이 위험에 빠졌다. 그가 그녀의 목숨을 구해야 한다.

켄트가 경감을 향해 말했다. "집안을 볼 수 있을까요?"

에드워드 경감이 길을 안내했다. 멋진 저택의 내부는 아무도 손대지 않은 듯 보였다.

"여기서 몸싸움한 흔적은 없군요." 켄트가 말했다.

"없소." 경감이 음울하게 대답했다. "어디서도 몸싸움한 흔적은 찾지 못했소. 그렇다면 절대 찾을 수 없다는 말이기도 하오."

경감이 위풍당당하게 거실의 문을 열었다. "몸싸움의 흔적은 저기에도 없었소."

가려진 커튼, 천으로 덮인 가구, 뚜껑이 닫힌 피아노, 천으로 감싼 샹들리에가 몸싸움한 흔적이 전혀 없었음을 보여주었다.

"위층 당구실로 갑시다." 에드워드 경감이 말했다. "시신은 검시를 위해 옮겨졌지만, 다른 것은 모두 그대로 있소."

그들은 위층으로 올라갔다. 2층에 있는 당구실 한가운데에 훌륭한 영국식 당구대가 놓여 있었다.

켄트가 창가로 달려가더니 외쳤다. "하하! 여기 뭐가

있게요?"

경감이 조용히 고개를 젓다가 억양이 없는 단조로운 말투로 말했다. "유리창이 밖에서 열렸고, 창틀이 일종의 날카로운 도구로 들어 올려진 것은 분명하오. 마치 매우 민첩한 사람이 배를 깔고 엎드려있던 것처럼 바깥쪽 문틀에 앉은 먼지가 흐트러져 있었소…. 하지만 걱정하지 마시오, 켄트 씨. 창틀이야 항상 그 자리에 있으니까."

"맞아요." 천천히 천장 위를 올려다보던 그가 의문을 제기했다. "천장의 저 덧문은 살펴보셨습니까?"

"봤소. 테두리 주변의 먼지가 흐트러져 있었소. 저 문을 열면 지붕의 공간이 나온다오. 대단히 민첩한 누군가가 당구 큐로 저 문을 열고 튼튼한 선박용 로프를 위로 던진 다음 밧줄을 타고 올라가 거기 배를 깔고 누워 있었을지도 모르오. 하지만 그럴 리가 없소. 그 문제에 관해서라면 이 커다란 구식 벽난로를 좀 보시오. 매우 색을 밝히는 사람이나 힘들여 굴뚝에 오르지 않겠소? 아니면 하녀들 숙소까지 이어지는 이 도르래 달린 음식 서빙용 승강기를 누가 감히 탈 엄두를 내겠냔 말이오. 지나치게 상스러운 인간이나 이런 걸 타고 오르락 내리락할 것이오."

"잠깐만요." 켄트가 끼어들었다. "저 모자는 무슨 뜻일까요?"

꽃무늬가 화사한 가벼운 모자가 방 한쪽 벽면의 못에 걸려 있었다.

에드워드 경감이 말했다. "우리도 그 생각을 했기 때문에 저기 그대로 내버려 두었소. 저 모자를 가지러 오는 사람이 누구든 이 사건의 패를 쥐고 있소. 우리 생각에는…"

트랜섬 켄트는 대답을 듣고 있지 않았다. 그는 이미 당구대의 가장자리를 붙잡고 있었다.

그가 흥분한 채 소리쳤다. "보세요! 여기 좀 보세요! 사건의 단서가 있어요! 당구공의 위치 말입니다! 흰 공이 당구대의 정중앙에 있고, 빨간 공이 모서리 쿠션 바로 앞에 서 있어요. 에드워드 경감님, 이건 무슨 뜻이죠? 무슨 뜻일까요?"

켄트는 경감의 팔을 붙잡고 그의 얼굴을 뚫어지게 바라보았다.

"나도 모르오. 당구를 치지 않으니."

"저도 모릅니다. 하지만 알아낼 수 있을 겁니다. 빨리! 제일 가까운 서점으로 가서 당구에 관한 책을 사야겠어요."

켄트는 팔을 흔들어 인사하면서 바람처럼 사라졌다.

경감이 가만히 서서 잠시 생각에 잠겼다.

"갔구먼…" 그가 혼잣말을 중얼거렸다. 중요한 말을 혼자서 크게 중얼거리는 것이 그의 습관이었다.

"음…, 왜 스록튼은 켄트를 지켜보라고 내게 전화를 했지? 켄트를 미행하면 하루에 10달러라. 대체 왜일까?"

같은 시각 플래닛 신문사의 매스터먼 스록튼은 집에 가려고 코트를 입고 있었다.

"실례합니다, 국장님." 직원 한 명이 그에게 말했다.

"소매에 초록색 당구 초크가 많이 묻었네요."

스록튼이 돌아서서 직원의 눈을 똑바로 바라보았다.

"이건 당구 초크가 아니네. 얼굴에 바르는 분이라네."

덩치 크고 차분하면서도 과묵한 남자는 이렇게 말하고 엘리베이터에 올라타 단숨에 1층으로 내려갔다.

키버스 켈리의 시신에 관한 검시 결과에 대해 배심원 재판이 다음 날 열렸다. 배심 재판은 오리무중인 사건의 해답을 주기는커녕 오히려 더 복잡하게 만들었다.

뉴욕에서 가장 저명한 의학 전문가가 증언했지만, 확실히 결정적인 증언이라 할 수는 없었다.

전문가에 따르면, 시신에서 명백한 폭력의 흔적이 보였다고 한다. 식도에 뚜렷한 손상이 있고 종아리뼈에는 확실한 찰과상이 있었다.

메저디넘은 볼록했고, 바이노미엄에는 상당히 많은 군살이 있었으며, 프로시니엄은 활짝 열려 있었다며 비전문가는 알아들을 수 없는 말을 늘어놓았다(실제 존재하지 않는 의학 용어들을 저자가 해학적으로 사용함-옮긴이).

그러나 전문가의 증언에서 밝혀진 한 가지 인상적인

사실은 고인의 위에서 비소 반 파인트가 발견되었다는 것이다. 이 점에 관한 지방 검사의 심문은 철저하고 전문적이었다. 검사는 '위에서 비소가 발견되는 일이 드문가요?'라고 물었다. 전문가는 사교클럽 회원의 위에서 발견되는 경우가 드물진 않다고 대답했다(예전에는 비소가 매독 치료제로 쓰였음-옮긴이).

'반 파인트는 많은 양이 아닌가요?'

전문가는 대답하기를 꺼렸다.

'그 정도면 적은 양입니까?' 전문가는 그렇다고도 대답하지 않았다.

'반 파인트의 비소가 죽음에 이르게 할 수 있습니까?'

사교클럽 회원에게는 아니라고, 꼭 그렇지는 않다고 대답했다. 그것이 다였다.

검시 배심원에게 제출된 다른 증언은 가치 있는 여러 가지 사실을 끌어냈지만, 미스터리를 풀기보다는 더 복잡하게 만들었다.

집사가 살인사건이 일어난 날 점심에 자기 주인에게 비소 반 파인트를 갖다주었노라고 진술했다. 그러나 주인에게 전에도 꽤 자주 비소를 가져다주었다고 주장했다.

반대 심문을 통해 집사가 말했던 것은 탄산 광천수였던 것으로 드러났다. 집사는 음료의 양은 반 파인트가 틀림없다고 주장했으며, 20년간 키버스 켈리를 위해 일했다고 진술했다.

아일랜드 출신 마부도 빽빽하게 심문을 받았다. 그는 모국을 떠나 미국에 도착한 후부터 켈리의 밑에서 일한 지 3년이 되었다고 했다.

그가 살인사건이 벌어진 날, 주인과 심한 언쟁을 한 것이 사실일까? 그랬다. 그가 주인을 죽이겠다고 위협했나? 아니다. 마부는 켈리를 죽인다고 위협한 것이 아니라 두들겨 패주겠다고 위협했다.

검시관이 자신의 메모를 보며 명령했다. "앨리스 딜레리를 부르시오."

딜레리 양이 조용히 증인석을 향해 발걸음을 옮기자 법정이 크게 술렁였다.

키가 크고 우아하며 호리호리한 앨리스 딜레리는 여성스러운 미모가 처음으로 활짝 피는 시기였다. 그 아름다운 소녀를 본 사람들은 첫 미모가 그러하다면, 두 번째나 세 번째 미모가 꽃피우면 얼마나 아름다울까 생각하며 감탄했다.

소녀는 눈에 띄게 긴장하면서 몸을 떨고 있었지만, 분명하고 상냥하며 낮은 목소리로 증언했다. 그녀는 켈리에게 고용된 지 3년째로 그의 속기사였다. 아침에만 출근해서 항상 점심시간에 저택을 떠났다.

배심원이 말한 '어디서 보통 점심을 드십니까?'라는 질문은 검시관에 의해 기각되었다. 배심원 중 한 명이 그녀에게 어떤 속기 시스템을 쓰느냐고 묻자 그녀는 '피트먼 속기법'을 쓴다고 말했다. 다른 배심원이 영화 보러 가는 것을 좋아하냐고 물으니 그녀가 자주 간다고 말하자 이 대답이 호의적인 인상을 남겼다.

지방 검사가 질문했다. "딜레리 양. 범죄 이후 발견된 당구실에 걸려 있던 모자가 당신 것인지 물어도 되겠습니까?"

치안판사가 끼어들었다. "그 여인에게 감히 그런 질문은 하지 마시오. 딜레리 양, 내려가도 좋습니다."

그날 법정을 가장 떠들썩하게 한 증언은 플래닛사의

국장인 매스터먼 스록튼의 입에서 흘러나왔다. 스록튼의 증언에 따르면 키버스 켈리는 그 운명의 저녁에 자신의 클럽에서 함께 저녁을 먹었다고 했다. 그런 다음 그는 차로 켈리를 집까지 데려다주었다고 진술했다.

지방 검사가 심문했다. "증인이 고인과 함께 집에 들어갔을 때, 거기 얼마나 함께 머물렀습니까?"

스록튼이 침착하게 대답했다. "답변을 거부하겠습니다."

검시관이 앞으로 몸을 숙이며 물었다. "진술 거부가 증인을 유죄로 만든다 해도 말이오?"

"그렇습니다." 스록튼이 대답했다.

검시관이 말했다. "그렇다면 대답하지 않는 것이 지당하겠소. 증인에게 그 문제에 관해 더는 묻지 마시오. 다른 것을 심문하시오."

지방 검사가 다시 스록튼을 향해 심문했다. "그렇다면 증인은 고인과 당구를 한 게임 쳤습니까?"

검시관이 끼어들었다. "그만, 그만. 그 질문은 허용할 수 없소. 너무 직설적이고 잔인하지 않소? 그 질문에는 뭔가 야비하고 더러운 어떤 거시기가 풍긴단 말이오.

다른 질문을 하시오."

지방 검사가 말했다. "좋습니다. 그렇다면 말해보세요, 스록튼 씨. 이 파란 봉투를 전에 본 적 있습니까?"

그는 기다란 파란색 봉투를 들어 올렸다.

"본 적 없습니다." 스록튼이 대답했다.

검시관이 말했다. "물론 못 봤겠지요. 좀 봅시다. 그게 무엇이오?"

"검시관님. 이 봉투는 고인의 조끼 주머니에서 튀어나온 채 발견되었습니다."

검시관이 말했다. "그럴 리가! 그렇다면 안에는 무엇이 있소?"

숨 막히는 정적이 감도는 가운데 지방 검사가 도장이 찍힌 파란 종이 한 장을 꺼내서 읽었다.

"이것은 나, 뉴욕에 사는 키버스 켈리의 유언장이다. 나는 사망 당시 소유한 모든 재산을 내 조카 피터 켈리에게 남긴다."

법정 전체가 소스라치게 놀랐다. 아무도 입을 떼지 않았다. 검시관이 주위를 둘러보며 물었다.

"여기서 켈리를 본 사람이 있소?"

대답이 없었다. 검시관이 질문을 반복했다. 아무도 미동조차 하지 않았다.

지방 검사가 말했다. "검시관님. 제 생각으로는 피터 켈리를 찾아야만 미스터리가 풀릴 것 같습니다."

10분 후 배심원들은 누군지도 모르는 범인 혹은 범인들에게 살인죄라는 평결을 내리며, 켈리가 범인이라는데 1달러를 걸겠다고 덧붙여 말했다.

검시관은 집사를 풀어주라고 명령했고, 피터 켈리의 체포영장을 발부하라고 지시했다.

다음 날 불행한 죽음을 맞은 사교클럽 회원의 장례가 경건하게 치러졌다. 병적으로 호기심을 좇는 구경꾼 몇 명을 제외하고는 아무도 묘지까지 따라가지 않았고, 어떤 구경꾼들은 영구차 위에 올라타기까지 했다.

대도시 뉴욕은 다시 일상으로 돌아갔다. 미궁에 빠진 살인사건은 어느새 대중들의 기억에서 희미해졌다.

트랜섬 켄트는 계속 사건을 추적 중이었다. 그는 잠을

자지 않았고, 거의 음식도 먹지 않았다. 술도 전혀 입에 대지 않은 데다 가보지 않은 곳이 없었다. 켄트는 피터 켈리를 찾고 있었다. 사람들이 모이는 곳이라면 어디든 켈리를 찾아다녔다.

그랜드 센트럴 역 중앙 홀에서 켄트는 사람들의 얼굴을 뚫어지게 쳐다보며 앞뒤로 움직였다. 한 경찰관이 그의 어깨를 툭 치며 말했다. "사람들 얼굴 좀 그만 쳐다보시오."

켄트가 대답했다. "지금 사건을 수사하고 있습니다."

그러자 경관이 말했다. "실례했습니다, 선생님. 미처 몰랐습니다."

켄트는 동에 번쩍 서에 번쩍 끊임없이 움직이며 켈리가 나타나기를 기다렸다. 몇 시간이고 가판대 옆에 서서 음료수 마시는 손님을 한 명 한 명 뜯어보았다. 3일 동안, 렌치 공구가 도착하기를 기다리는 배관공으로 변장한 채 매스터먼 스록튼의 집 앞 계단에 앉아 있기도 했다.

여전히 피터 켈리의 흔적은 찾을 수 없었다. 젊은 켈리는 불과 3년 전까지 삼촌과 함께 살았던 것으로 보였다. 그러다 갑자기 사라져버렸다. 〈뉴욕 프레스〉의 어느 뛰어난 기자의 표현대로 마치 땅이 그를 집어삼킨 듯 증발해버렸다.

트랜섬 켄트는 한 번 패배했다고 좌절하는 사람이 아니었다. 1주일 후 켄트는 에드워드 경감의 사무실을 방문했다.

"경감님. 단서가 더 필요합니다. 켈리의 집으로 한 번만 더 데려가 주세요. 증거들을 다시 분석해야겠어요."

둘은 함께 켈리의 집으로 향했다. 켄트가 다시 운명의 당구실로 들어가며 말했다.

"우리가 뭔가를 간과한 것이 틀림없어요."

에드워드 경감이 침울하게 대답했다. "우린 항상 그렇소."

켄트가 당구대 옆에 서서 말했다. "이제 말씀해주세요. 이 살인사건에 관한 경감님의 추론과 경찰의 추론은 각각 뭡니까? 경감님 생각을 먼저 말한 다음 다른 사람들의 생각을 말해주세요."

"켄트 씨, 우리의 첫 번째 추론은 자바에서 막 상륙한 나무다리를 한 선원이 살인을 저질렀다는 것이었소."

켄트가 고개를 끄덕였다. "맞아요. 꽤 타당한 이론이죠."

경감이 억양 없는 단조로운 어조로 계속 말했다. "우리는 그가 선원이라는 사실을 알았소. 아무것도 없는 벽돌담을 타고 창문까지 약 9미터를 오를 수 있는 민첩성을 갖추었다는 점에서 말이오. 육지 사람은 6미터 이상은 오를 수 없을 테니까. 그리고 피해자의 목에 묶은 특이한 매듭에서 우리는 그가 동인도에서 왔다는 사실을 알아냈소. 그가 나무다리를 하고 있다는 것은…"

경감이 말을 멈추고 난처한 표정을 지었다.

"우린 그 사실을 알았는데…" 그가 다시 말을 멈추었다. "어떻게 알았는지는 기억이 나지 않소만."

켄트가 부드럽게 혀를 쯧쯧 차며 말했다. "경감님. 그가 당구대에 몸을 기댈 때, 마호가니에 찍힌 손자국이 다른 쪽보다 더 깊었기 때문이지요. 그 남자는 분명히 상체가 무거운 체형일 겁니다. 하지만 이 첫 번째 추론은 버리지 않았습니까?"

"물론이오, 켄트 씨. 우린 항상 그러니까. 우리의 두 번째 추론은…"

켄트는 듣고 있지 않았다. 그가 갑자기 허리를 숙이더니 바닥에서 무엇인가를 집어 올렸다.

“하하! 이건 뭐라고 생각하세요?” 그는 네모난 검은 천 조각을 들고 있었다.

“그런 건 보지 못했소.” 에드워드 경감이 대답했다.

켄트가 중얼거렸다. “천이네요. 키버스 켈리의 정장 재킷에서 떨어져 나간 조각입니다.” 그가 급히 돋보기를 꺼냈다. “보세요. 여기에 아일랜드산 징을 박은 부츠에 눌린 자국이 있어요. 키는 174센티에…”

경감이 크게 흥분하며 끼어들었다. “잠깐, 켄트 씨. 이해가 되지 않소.”

켄트가 못 참겠다는 듯 급히 말했다. “푹 꺼진 자국이 있다는 것은 그가 발을 들어 올렸다는 말이고, 발을 들어 올린 즉시 우리는 남자의 키를 추정할 수 있습니다. 경감님, 이런 부츠를 신은 남자를 찾아주시면 미스터리가 풀릴 겁니다!”

바로 그 순간, 귀에 영락없이 징을 박은 부츠 소리로 들리는 발걸음이 육중하게 계단을 딛고 올라오고 있었다. 문이 열리고 한 남자가 출입구에 주저하며 서 있었다.

켄트와 경감은 둘 다 깜짝 놀랐다.

남자는 정확히 키가 174센티였다. 마부의 옷을 입은 남자의 얼굴은 음침하고 사악했다.

그는 살해당한 남자의 마부인 데니스였다.

"당신이 켄트 씨가 맞다면, 어떤 여자분이 당신을 찾아 이리 오셨습니다."

곧이어 조용히 계단으로 올라오는 발소리가 들렸다.

키가 크고 호리호리하며 아름다운, 여성스러운 미모가 꽃처럼 만개한 젊은 여인이 들어왔다.

앨리스 딜레리였다.

그녀는 최신 유행 패션으로 차려입었지만, 켄트는 보자마자 그녀가 모자를 쓰고 있지 않다는 사실을 빠르게 간파했다.

그녀가 소리쳤다. "켄트 씨, 켄트 씨 맞지요. 그렇죠? 사람들이 당신이 여기 있다고 말해줬어요. 오, 켄트 씨.

저를 도와주세요. 저 좀 살려주세요!"

그녀는 잠시 부르르 몸서리를 치는 것 같았다. 그녀의 호흡이 빨라지면서 두 손을 앞으로 뻗었다.

켄트가 그녀의 손을 잡으며 말했다. "진정하세요, 젊은 아가씨. 호흡을 그렇게 과하게 하면 안 됩니다. 저를 믿고 다 얘기해주세요."

딜레리가 조금 정신을 차렸으나 여전히 떨리는 목소리로 말했다. "켄트 씨. 제 모자를 찾으러 왔어요."

켄트는 아름다운 여인의 손을 놓고 말했다. "앉으세요." 그러더니 방을 가로질러 가서 못에 걸려 있던 꽃무늬가 화사한 모자를 가져왔다.

여자가 말했다. "아, 모자를 되찾아서 너무 기뻐요. 어떻게 감사 인사를 해야 할지 모르겠네요. 모자를 가지러 오기 너무 두려웠어요."

경감이 말했다. "괜찮습니다. 경찰은 그것이 가정부의 모자라고 생각했습니다. 감사 인사라니요. 천만에요."

켄트는 앞에 있는 여자를 자세히 보고 있었다.

"그것 말고 할 얘기가 더 있는 것 같은데요. 다 말해주시지요."

"오, 그럴게요. 당연하죠, 켄트 씨. 그 무시무시한 밤에! 저도 여기 있었고, 봤어요. 아니, 본 게 아니라 다 들었어요."

그녀가 몸을 떨었다.

"아, 켄트 씨. 정말 끔찍했어요! 그날 저녁에 하던 일을 마치려고 서재로 돌아왔었죠. 저는 켈리 씨가 외식하러 나가서 저 혼자만 있는 줄 알았어요. 한동안 조용히 일하고 있었는데 당구실에서 소리가 들렸죠. 듣지 않으려고 했지만, 크게 싸우는 소리 같아서 들을 수밖에 없었어요. 아, 켄트 씨. 제가 잘못했나요?"

"아닙니다." 켄트는 잠시 그녀의 손을 잡으며 말했다. "잘못하지 않았어요."

"한 사람이 말하는 소리를 들었어요. '당구대에서 발을 떼! 너는 당구대 위에 발을 올릴 권리가 없어(중의적 표현으로 여기서 '발'은 당구 큐를 밑에서 받치는 '오리발'이라 부르는 보조 브리지를 의미하기도 함-옮긴이)!' 그러자 다른 사람이 말했어요. '그러면 너도 당구대에서 배를 떼!'"

여자가 몸을 떨었다.

"그러더니 곧 한 사람이 꽤 사납게 말했어요. '거기 보크 라인(일정한 득점을 한 후 정해진 구획 내에서 공을 칠 수 없도록 테이블에 그어진 선-옮긴이)으로 물러나. 뒤로 물러나라고!' 그러자 다른 목소리가 말했어요. '이를 어쩌나! 난 여기서 칠 건데(원문은 'I'll shoot from here'로, 여자는 '난 여기서 쏠 건데'로 오해함-옮긴이).' 그러고는 쥐 죽은 듯 조용했고, 잠시 후 한 명이 거의 비명을 지르며 말했어요. '나를 구석으로 몰았군. 구석으로 몰았어(원문은 'You've potted me'로, 여자는 '네가 나를 쏘다니'로 오해함-옮긴이). 이제 다 끝이로군.' 그러고 나서 다른 사람이 '나를 용서해. 그럴 의도는 없었어. 나도 이런 식으로 끝내고 싶진 않았다고.'라며 낮은 목소리로 말하는 것을 들었어요. 켄트 씨, 저는 너무 무서워서 거기 있을 수가 없었어요. 곧장 아래층으로 내려가서 집까지 계속 뛰었어요. 다음 날 무슨 일이 생겼는지 신문 기사를 보고 알았죠. 거기에 모자를 두고 왔다는 사실을 깨닫자 두려웠어요. 오, 켄트 씨. 저를 살려주세요!"

"딜레리 양." 켄트는 여자의 손을 다시 잡고 그녀의 눈을 들여다보며 말했다. "당신은 이제 안전해요. 하나만 말해주세요. 키버스 켈리랑 당구를 쳤던 남자, 그 남자를 봤습니까?"

"아주 짧은 찰나에…" 여자가 말을 멈췄다. "열쇠 구멍으로요."

켄트가 물었다. "그는 어떻게 생겼습니까? 무슨 생각을 하는지 알 수 없을 만큼 무표정하지 않았습니까?"

"맞아요."

"표정이 꽤 묵직하지 않았습니까?"

"네, 맞아요. 아주 묵직했어요."

켄트가 말했다. "딜레리 양. 이 살인사건은 이제 해결되기 직전입니다. 사슬의 마지막 연결고리를 찾으면 제가 가서 모두 말씀드려도 되겠습니까?"

그녀는 그의 얼굴을 똑바로 바라보며 대답했다.

"낮이든, 밤이든 언제든지 오세요."

그런 다음 그녀는 돌아갔다.

잠시 후 켄트는 전화를 걸었다.

"스록튼 씨 집이지요? 스록튼 씨와 통화하고 싶습니

다. 스록튼 씨 맞습니까? 저 켄트입니다. 리버사이드 살인사건이 해결됐습니다."

켄트는 잠시 말없이 기다렸다.

그러자 조금도 동요하지 않은 목소리로 스록튼이 말했다. "누가 피터 켈리를 찾았나?"

켄트가 의미심장한 어조로 말했다. "스록튼 씨. 이야기가 깁니다. 다 말씀드릴까 하는데…" 그가 말을 멈추며 다음 한 말에 특별한 방점을 찍었다. "당구나 한 게임 하면서요."

"당구라니 대체 무슨 뜻인가?" 스록튼이 대답했다.

"제가 국장님 댁으로 가서 전부 말씀드리겠습니다. 당구대 위에서 가장 잘 설명할 수 있는 부분이 있어서요. 말씀드리기 전에 50점 내기 게임으로 국장님께 도전하겠습니다."

매스터먼 스록튼에게 당구로 도전하는 것은 두둑한 배짱이 필요한 일이었다. 그를 능가할 사람이 거의 없을 만큼 스록튼은 사교클럽에서 냉정하고 결단력 있는 선수로 정평이 났다.

스록튼은 9점, 10점, 심지어 12점까지도 연속득점을 한다고 알려졌다. 연속득점으로 한 번에 게임을 이기는 것은 드문 일이 아니었다. 그는 예리한 눈으로 세 개의 공이 각각 어디에 있는지를 확실히 파악했고, 본능적으로 어디를 쳐야 하는지도 알았다.

그러나 켄트에게 빼어난 적수란 없었다. 그 젊은 기자는 한 번도 당구를 쳐보지 않았지만, 당구책을 이미 독파했다. 그의 전략은 감탄을 자아냈다. 자기 볼을 쿠션 아래 은신처에 잘 숨겨서 상대방의 모든 타격을 피했고, 자기 차례가 되자 공을 빠른 속도로 당구대를 튀어 오르거나 가로지르게 해 측면의 쿠션 아래로 쏙 숨겼다.

점수는 빠르게 올라 두 선수 모두 정확히 동점을 기록했다. 처음 30분이 지날 무렵 둘 다 10점이었다. 엄숙한 표정을 한 스록튼은 편안한 자세로 공을 칠 때는 한쪽 무릎을 당구대 위로 올렸다. 켄트는 침착했으나 얼굴엔 홍분이 감돌았고, 자기 차례가 되자 공이 바로 눈앞에 오도록 몸을 앞으로 확 기울였다.

15점에 다다를 때도 여전히 동점이었다. 스록튼은 갑

자기 분발하더니 3점 연속득점을 하였으나, 켄트가 곧 따라잡아 20분 후에는 19점 동점을 만들었다.

트랜섬 켄트가 내기 이외에 다른 것을 염두에 두었음이 곧 분명해졌다. 이윽고 그가 기회를 잡았다. 소수의 훈련받은 선수만이 구사할 수 있는 능수능란한 솜씨로 켄트는 상대방의 공을 구석으로 몰아넣었다. 빨간 공이 모서리 끝자락에 남겨졌다. 흰 공은 중앙에 있었다.

켄트는 스록튼의 얼굴을 들여다보았다.

공은 살인사건이 일어난 밤에 당구대에 있던 위치와 정확히 똑같이 놓여 있었다.

"제가 일부러 이렇게 했습니다." 켄트가 조용히 말했다.

"무슨 말인가?" 스록튼이 물었다.

"이 공들의 위치 말입니다. 스록튼 씨, 서재로 가시지요. 제가 드릴 말씀이 있습니다. 국장님은 이미 그게 뭔지 아실 겁니다."

그들은 서재로 갔다. 스록튼이 떨리는 손으로 시가에 불을 붙이며 말했다.

"음, 하려던 말이 뭔가?"

"스록튼 국장님. 2주 전에 국장님이 제게 살인사건을 취재하라고 맡기셨지요. 오늘 밤 제가 그 답을 드리겠습니다. 답을 원하십니까?"

스록튼의 얼굴은 미동도 하지 않았다.

켄트가 이어 말했다. "자, 한 남자의 목숨이 당구대 위에서 끝장났습니다. 스록튼 씨, 한 남자의 영혼이 구석으로 몰렸을지도 모르지요."

스록튼이 물었다. "이게 대체 뭐 하는 짓인가? 무슨 말이야?"

"당신의 범죄가 밝혀졌다는 거지. 당신이 음모꾼에 모사꾼이고, 위선자에 배신자라고 말하는 거야. 그래, 매스터먼 스록튼. 아니, 당신의 진짜 이름을 말해주지, 피터 켈리. 당신은 살인자야!"

스록튼은 눈 하나 깜짝하지 않았다. 그는 켄트가 서 있는 곳으로 걸어가 펼친 손바닥으로 그의 입을 찰싹 때리며 말했다.

"트랜섬 켄트. 넌 거짓말쟁이야."

그러더니 자기 자리로 돌아가서 의자에 앉았다.

"켄트. 네 놈이 가짜 수사를 하는 순간부터 네가 누군지 알아차렸지. 내가 붙인 미행이 네가 어디를 가든 따라다녔고, 너의 모든 움직임을 바짝 뒤쫓았어. 트랜섬 켄트, 너의 진짜 이름은 피터 켈리고, 네 놈이 바로 살인자야!"

켄트는 조용히 스록튼에게 걸어가서 뒤통수를 세게 내리치며 말했다.

"넌 거짓말쟁이야! 난 피터 켈리가 아니라고."

그들은 자리에 앉아 서로를 노려보았다.

그 순간 스록튼의 하인이 문 앞에 나타났다.

"어떤 신사분이 뵙자고 하십니다."

스록튼이 물었다. "누군가?"

"모릅니다요. 명함을 주시긴 했습니다만…"

스록튼이 명함을 받았다. 그 위에는 이렇게 쓰여 있었다.

'피터 켈리'

스록튼이 말했다. “남자를 들여보내게.”

잠시 후 문이 열리고 한 남자가 들어왔다. 켄트의 예리한 눈이 서 있는 남자를 분석했다. 푸른 옷과 볕에 그을린 얼굴, 손가락을 놀리는 뛰어난 재주가 의심의 여지 없이 그의 직업을 말해주었다. 그는 선원이었다.

스록튼이 권했다. “앉으시오.”

“감사합니다. 이제야 나무다리도 좀 쉬겠네요.” 선원이 말했다.

선원의 다리 중 하나가 나무로 되어 있었다. 켄트는 그것이 동인도의 백단향 나무로 만들어진 것을 알아차리고 깜짝 놀랐다.

켈리가 자리에 앉으며 침착하게 말했다. “제가 자바에서 막 돌아왔습니다.”

켄트가 고개를 끄덕이며 말했다. “이제야 다 알겠네요, 스록튼 씨. 제가 당신을 오해했습니다. 우리는 범인이 자바에서 온 나무다리를 한 선원이라는 사실을 알았어야 했습니다. 그것 말고 다른 설명이 있을 수 없는데 말입니다.”

피터 켈리가 쉰 목소리로 말했다. “신사분들, 흐흠. 저는 자백을 하러 왔습니다. 그것이 당연하고 올바른 일이겠지요. 흐흠. 그리고 제가 할 수 있는 한 그 대가를 달게 받겠습니다."

켄트가 말했다. "잠깐만요. 잠시 마른기침 좀 하고 다시 말씀하시겠어요?"

켈리가 대답했다. "감사합니다. 기침은 잠시 후에 하겠습니다. 흐흠, 먼저 제 인생 얘기부터 시작하겠습니다."

스록튼과 켄트가 재촉했다. "아니, 됐소. 그러지 마시오!"

켈리가 인상을 찌푸렸다. "저는 그럴 권리가 있다고 생각합니다. 여러분은 제 이야기를 들어야 합니다. 어린 시절 저는 거칠고 충동적인 성격이었습니다. 그 성질이 억눌러졌더라면…"

스록튼이 끼어들었다. "하지만 그렇지 못했잖소. 다음은 뭐요?"

"저는 삼촌에게 유일한 혈육이었으므로 엄청난 재산을 물려받을 상속자였습니다. 따라서 호화스러운 보살핌을 받았고, 그것을 발판으로 삼아…"

켄트가 들으면서 빠르게 상황을 분석하다가 갑자기 끼어들었다. "잠깐만요. 그때는 다리가 몇 개였습니까?"

"두 개였습니다. 호화로운 보살핌을 발판으로 편안하고 게으르게 살아왔습니다. 그러다 저는 곧 잃고 말았습니다."

스록튼이 다시 끼어들었다. "다리 한쪽을…. 켈리 씨. 꼭 필요한 이야기만 하시오."

선원이 대답했다. "알겠습니다, 신사분들. 비록 제 성품이 나빴지만, 완전히 나쁜 놈은 아니었습니다."

켄트와 스록튼이 달래듯 말했다. "물론 그러시겠지요. 나빠 봐야 90%를 넘지 않았을 겁니다."

"신사 여러분. 제 삶에도 사랑이 찾아왔습니다. 여러분도 그녀를 보셨다면 그녀가 눈보라만큼 순수하다는 것을 알 겁니다. 3년 전에 그녀가 제 삼촌 집으로 왔습니다. 저는 그녀를 사랑했습니다. 어느 날, 제가 무슨 짓을 하고 있는지도 모른 채 그녀를 데리고…" 그가 말을 멈췄다.

스록튼과 켄트가 다그쳤다. "그래요, 그래. 여자를 데리고요?"

"수족관에 갔습니다. 삼촌 귀에도 그 이야기가 흘러갔지요. 격렬한 말다툼이 있었습니다. 삼촌은 상속권을 박탈하고 저를 집에서 내쫓았습니다. 저는 어린 소년 시절부터 바다가 좋았습니다."

켄트가 물었다. "실례지만, 어떤 소년이요?"

피터 켈리가 계속 말했다. "저는 평선원이 되어(원문은 'before the mast'로, 직역하면 '돛대 앞'이란 뜻임-옮긴이) 멀리 달아났습니다."

켄트가 또 끼어들었다. "미안하지만, 제가 바다 용어에 익숙하지 않아서요. 왜 돛대 '뒤'로 달아나지 않았습니까?"

켈리가 말했다. "제 말을 끝까지 들어주세요. 거의 끝나갑니다. 우리는 동인도를 향해, 자바를 향해 항해했어요. 거기서 말레이시아 해적이 제 다리를 물어뜯었지요. 저는 비통함과 환멸만을 느낀 채 보시다시피 이렇게 망가져서 집으로 돌아왔습니다. 제겐 한 가지 생각밖에 없었어요. 삼촌을 죽일 생각이었습니다."

켈리는 잠깐 마른기침을 하느라 말을 멈췄다. 켄트와

스록튼이 서로를 향해 조용히 고개를 끄덕였다.

"저는 밤에 삼촌 집에 도착했습니다. 나무다리 덕분에 벽을 오르고 창문을 들어 올려 당구실로 들어갔습니다. 제 가슴 속에선 이미 살인이 벌어졌습니다. 그러나 다행히도 저는 살인을 면할 수 있었습니다. 제가 들어간 순간, 방에 불이 켜지더니 제 앞에 보인 사람은…, 아, 이름을 말하지는 않겠습니다. 저의 천사였습니다. 그녀가 외쳤어요. '피터!' 그리고는 여인의 직감으로 제가 하려던 일을 알아차리고 소리쳤어요. '삼촌을 죽이러 왔군요. 그러지 마세요.' 제 결심이 확 바뀌었습니다. 저는 무너져 내렸고 울음을 터트렸습니다. 마치, 마치…" 켈리가 말을 멈췄다.

켄트가 부드럽게 받아주었다. "마치 바보처럼…. 계속하세요."

"제가 울음을 그쳤을 때, 목소리가 들리더군요. '빨리요!' 그녀가 소리쳤어요. '도망쳐요! 숨어요. 그가 당신을 보면 안 돼요.' 그녀는 옆방으로 급하게 가더니 문을 닫았습니다. 저는 이미 봐 두었던 천장에 달린 덧문으로 올라갔습니다. 어떻게 올랐는지 설명할까요?"

켄트가 대답했다. "아닙니다. 제가 나중에 분석할 수 있어요."

"거기서 저는 무슨 일이 벌어졌는지 보았습니다. 스록튼 씨와 키버스 켈리가 들어왔지요. 그들의 게임을 지켜봤습니다. 둘은 당구를 치면서 크게 흥분하며 말싸움을 했습니다. 스록튼이 졌지요."

덩치 큰 남자가 노려보며 고개를 끄덕였다. "키버스가 흰 공을 구석으로 몰아서 끝이 났소."

켈리가 말했다. "맞아요. 그는 빨간 공을 빗맞혔어요. 당신의 분석이 틀렸습니다, 켄트 씨. 게임은 끝났어요. 당신은 잘못된 증거로부터 추론을 시작했지요. 당구에서는 절대 마지막 점수를 표시하지 않습니다. 점수판은 계속 99점인 채로 남아있지요. 스록튼이 떠나고 제 삼촌은, 흔히 그렇듯 마지막 샷을 계속 시도했지만 성공하지 못했습니다. 빨간 공으로 구석에 있는 흰 공을 하프 볼 스트로크(공의 중앙을 쳐서 표적 공의 가장자리에 맞히기-옮긴이)로 시도했어요. 치고 또 쳤지만 해내지 못하더군요. 삼촌은 이것저것 다양한 방법을 시도했지요. 삼촌의 큐걸이는 너무 불안정했어요. 결국 삼촌은 넥타이로 긴 고리를 만들어서 목에 두르고 당구 큐를 안에 끼워 넣었어요. 삼촌은 '오호라! 이제는 성공할 수 있겠네.' 이렇게 말했어요."

켄트가 탄식했다. "하! 내가 바보였군."

켈리가 계속 말했다. "맞아요. 삼촌을 보느라 흥분한 나머지 저는 제가 어디에 있는지도 까먹었고, 너무 앞으로 몸을 숙이는 바람에 덧문에서 떨어져 버렸습니다. 저는 삼촌이 당구를 치려고 막 당구대 위에 앉는 순간 삼촌 위에 떨어졌고, 삼촌은 쓰러졌습니다."

"이제 다 알겠군요!" 켄트가 소리쳤다. "떨어지면서 머리를 부딪쳤고, 얼결에 고리가 조여지는 바람에 당구 큐가 회전을 하면서 켈리가 질식사한 겁니다."

피터 켈리가 말했다. "바로 그겁니다. 삼촌이 돌아가신 걸 봤지만, 그 자리에 머물 용기가 없었습니다. 그래서 넥타이의 매듭을 똑바로 하고, 두 손을 가슴 위에 경건하게 올린 다음 왔던 대로 떠났습니다."

스록튼이 생각에 잠겨 말했다. "켈리 씨. 당신 이야기의 논리는 훌륭하오. 지난 몇 달간 출간된 작품들에서 보았던 어떤 사건보다 한 수 위구려. 하지만 내가 이해할 수 없는 한 가지가 있소. 총알구멍 두 개는 어떻게 설명할 거요?"

"그건 오래된 구멍입니다." 선원이 침착하게 대답했다. "제 삼촌은 젊은 시절 서부에서 거친 삶을 사셨지요. 그런 흔적이야 차고 넘칩니다."

잠시 침묵이 흘렀다.

켈리가 다시 말했다. "신사 여러분. 제게는 시간이 얼마 남지 않았습니다…" 그는 다시 마른기침을 하느라 말을 멈췄다. "몸이 나날이 약해지는 걸 느끼거든요. 제가 자유인으로 이 방을 걸어 나갈지는 여러분 손에 맡기겠습니다."

트랜섬 켄트가 일어나서 선원에게 걸어가 말했다. "켈리 씨. 제 손을 잡고 일어나시지요."

마지막에 서술된 사건이 있고 며칠 후, 트랜섬 켄트는 앨리스 딜레리 양의 하숙집을 방문했다. 켄트는 연한 회색 정장을 입고 연어 빛 제라늄을 가슴에 꽂았다.

그의 표정에는 의기양양함과 장차 그의 삶에 영향을 줄 수 있는 중대한 결정을 내리는 사람으로서의 근엄함이 동시에 묻어났다.

그가 중얼거렸다. "내 미래의 행복을 위해 잘하고 있는 짓인지 모르겠군."

돌계단에 잠시 앉아서 골몰히 생각하다 자리에서 일어났다.

"접니다." 그가 벨을 눌렀다.

가정부가 말했다. "딜레리 양 찾으시죠? 이틀 전에 여기를 떠났어요. 켄트 씨가 맞다면, 벽난로 위에 당신에게 남겨둔 쪽지가 있어요."

켄트는 말을 낭비하는 사람이 아니었다. 한마디 말도 없이 바로 쪽지를 펼쳐서 읽었다.

켄트 씨께.

피터와 저는 어제 아침 결혼식을 올렸고, 뉴저지주 자바에 셋방을 얻었어요. 피터의 기침이 한결 나아졌다는 소식을 들으면 기뻐하시겠지요? 변호사가

피터에게 조금도 이의를 제기하지 않고 유산을 주었답니다. 우린 둘 다 당신의 분석이 정말 대단했다고 생각해요. 피터가 말하길, 그 분석이 없었다면 지금 자기가 어디에 있을지 모르겠다고 했어요.

- 당신의 친애하는 앨리스 켈리.

추신) 제가 그날 당구실에서 피터를 봤다고 말씀드리는 것을 깜빡했네요. 그래도 여전히 당신의 분석은 굉장했어요.

그날 저녁 켄트는 스록튼과 마주 앉아 그 비극에 관해 자세히 이야기를 나눴다.

켄트가 말했다. “스록튼 국장님. 어쨌든 우리가 사건의 해답을 정확히 밝히지 못한 부분이 있었던 것 같습니다.”

“나도 그렇게 생각하네.” 스록튼이 씁쓸하게 대답했다.

7화. 캐롤라인과 불사조 아기의 크리스마스

때는 크리스마스였다. 소복이 내린 흰 눈이 수천 개의 다이아몬드처럼 반짝이는 크리스마스, 즐거움과 평화가 온 세상에 내리는 크리스마스, 기쁨과 유쾌함이 넘치는 크리스마스, 그리고 또…, 어쨌거나 크리스마스였다.

아니, 약간의 실수가 있다. 정확히 말하자면 크리스마스가 아니라 크리스마스이브였다. 이불처럼 쌓인 흰 눈이 고요한 달빛 아래 빛나는, 그러니까 명백하게 잘못 표기한 시점만 바로잡으면 위에 언급한 정황 그대로인 크리스마스이브였다.

그렇다, 때는 크리스마스이브였다.

농가 창문에서 빛이 새어 나왔다. 통나무 장작에서

솟아올라 흔들리는 빨간 불꽃이 유리창에 비친 차분하고 노르스름한 램프 불빛과 한데 섞였다.

존 엔더비와 그의 아내가 부엌에 앉아 있었다. 오래된 벽난로에서 불이 이글거린다. 구석에는 요리용 화로가 있는 '부엌'이 있다. 부엌은 요리하고, 먹고 살기도 하는 농가의 방이다. 그곳이 바로 거실이다.

침실 이외의 유일한 방은 앞쪽에 위치해 겨울에는 한기가 드는 작은 방이다. 손님이 올 때 그 방에 있는 오르간으로 '만세 반석Rock of Ages'이라는 찬송가를 연주했다. 이 방은 오르간을 연주하거나 장례를 치를 때만 사용했다. 오래된 농가의 진정한 방이라면 단연 부엌이다.

늙은 존 엔더비가 머리를 두 손에 묻고 송판 탁자 옆에 앉아 있었다. 시시각각 다가오는 엄청난 시련에 시달린 탓인지 수염이 까칠하게 자란 그의 얼굴은 매우 슬퍼 보였다. 이따금 자리에서 일어나 갓 주운 낙엽송 가지를 굴뚝 위로 불꽃이 치솟을 만큼 거칠게 난로에 집어 던졌다.

벽난로 너머에는 그의 아내 애나가 등받이가 곧은 의

자에 앉아 말없이 체념하는 눈빛으로 불을 들여다보았다.

도대체 그들에게 무슨 일이 벌어진 걸까?

그 오래된 농장이 저당 잡힌 것이다!

10년 전에 무분별하게 빚을 얻어 쓰고 뒤늦은 후회로 제정신이 아니었던 존 엔더비가, 극심한 절망감과 류머티즘에 시달리다 못해 자신의 농장을 푼돈에 저당 잡히고 말았다.

오늘 밤, 정확히 크리스마스가 되는 자정이 담보대출금의 만기였다. 이런 종류의 담보대출은 항상 그런 식으로 회수된다.

그렇다. 수많은 밤 중에 하필 크리스마스 밤에 이토록 사악한 방식으로 담보권이 행사될 예정이다. 자정에 망치와 못을 든 남자들이 몰려와서 집을 압류하고 단단히 못질할 것이다.

그런 이유로 부부는 괴로워하며 그저 앉아만 있었다.

애나는 상황을 체념하고 인내심 있게 조용히 앉아 있거나 가끔 책을 읽으려 애썼다. 그녀는 작은 붙박이 책장에서 〈성생론과 성사론Holy Living and Holy Dying〉을 꺼냈다. 책을 읽으려 했지만 읽을 수가 없었다.

이번에는 단테의 신곡 중 〈지옥편〉을 꺼냈다. 그 책도 눈에 들어오지 않았다. 마지막으로 농사 연감을 꺼냈다. 책들은 절망을 묵묵히 견디며 앉아 있는 그녀 앞에 어지럽게 흩어져 있었다.

존 엔더비는 제멋대로인 불같은 천성을 고스란히 보여주었다. 그는 가끔 옆에 놓인 발효주 항아리에 손을 뻗었다. 머릿속이 바로 앞에 놓인 낙엽송 장작불의 숯처럼 달아오를 때까지 분노를 부추기는 그 액체를 쭉 들이켰다.

애나가 그를 말렸다. "존, 발효주 좀 그만 마셔요. 화만 돋우고 좋은 게 하나도 없다고요."

"예예, 마님." 농부가 씁쓸하게 웃으며 고개를 다시 항아리 쪽으로 숙이고는 말했다. "이걸 마시고 화가 좀 난들 무슨 상관이야."

"그러지 말고 존. 슬슬 화만 돋우기보다 좋은 책(the Good Book, 성경이라는 뜻도 있음-옮긴이)이라도 읽으면서 신경을 딴 데로 돌리는 게 좋겠어요. 이거 좀 읽어봐요."

애나는 책장에서 닳아빠진 검은 책을 빼내어 그에게 건네주었다. 엔더비는 잠시 멈칫하더니 책을 받아들었다. 그와 아내는 학창 시절 공립학교에 다녀서 종교적 가르침은 받지 못했지만, 종교와 관련 없는 다른 지식은 그에게 큰 도움이 되었다.

"그 책을 읽어봐요, 존. 이렇게 고통스러운 시기에는 위안을 줄 거예요."

농부가 아내에게 받아든 책은 헤지고 손때 묻은 유클리드의 〈기하학원론Elements〉이었다. 그는 모자를 경건히 옆에다 놓고 큰소리로 읽었다.

"이등변삼각형 밑변의 각은 동일하고, 누가 변을 그리든지, 어디 보자…, 꼭짓점까지의 길이는 동일하다."

농부가 책을 옆으로 제쳐놓았다.

"소용없어, 애나. 오늘 밤은 아무리 좋은 말이라도 머리에 들어오지 않는다고."

그는 벌떡 일어나 발효주 항아리로 비틀거리며 걸어가더니 아내가 말릴 새도 없이 마지막 한 방울까지 탈탈 털어 마셨다.

그리고는 의자에 털썩 주저앉으며 말했다.

"압류해야겠다면 압류하라지. 이미 내 손을 떠난 일이야."

여자는 슬픈 눈으로 난롯불만 바라보았다.

아! 아들 헨리만 여기 있었더라면…. 헨리는 3년 전 부부를 떠났지만, 가끔 헨리에게서 오는 편지가 팍팍한 농장 생활에 한 줄기 희망의 빛이었다.

헨리는 싱싱교도소(미국 뉴욕에 위치한 교도소-옮긴이)에 수감 중이었다. 어머니에게 보낸 편지에 따르면 그는 그곳에서 꾸준히 성공을 거두고 있었다.

교도소 야구팀 9명의 선수 중 1등으로 뽑힌 데다, 교도소장과 교회 목사가 가장 아끼는 재소자가 되었고, 자기 층 복도에서 최고의 브리지(카드놀이의 일종-옮긴이) 선수라고 했다. 헨리는 전통 있는 엔더비 가문의 정신으로 여러 방면에서 두각을 보였다.

그의 어머니는 크리스마스를 아들과 함께 하기를 바랐지만, 헨리는 사실상 싱싱교도소를 떠나기가 불가능하다고 답장했다. 그는 빠져나갈 방법을 모색했지만 찾을 수 없었다.

교도소 당국이 크리스마스를 축하하기 위해 댄스파티와 썰매 타기를 준비하고 있었다. 눈에 띄지 않고 살짝 빠져나갈 수 있겠다는 희망도 조금 품었으나 그렇게 하면 오히려 관심을 끌지도 몰랐다.

애나는 집에 닥친 곤경을 아들에게는 말하지 않았다.

정말로 헨리는 올 수 없었다. 그 집을 도울 사람은 어디에도 없었다. 그리고 헨리보다 열 살 많은 큰아들 윌리엄이 있었다. 아아! 윌리엄은 대도시에서 살길을 찾아보겠다며 농장을 떠난 지 오래였다!

"어머니, 백만 달러를 벌면 그때 돌아올게요. 그때까지 안녕히 계십시오."라고 말하며 그는 집을 떠났다.

윌리엄 생각만 하면 애나의 심장이 어찌나 뛰는지 모른다. 아들이 백만 달러를 벌 수 있을까? 그녀가 살아생전 그 모습을 볼 수 있을까? 그 후 몇 년이 흘렀다.

애나와 존은 저녁마다 앉아서 윌리엄이 백만 달러를 가지고 집에 돌아오는 장면이나 사랑이 듬뿍 담긴 백만 달러가 속달 우편으로 집에 도착하는 모습을 상상해보았다. 하지만 이미 여러 해가 지났다. 윌리엄은 오지 않았고, 소식도 없었다. 농장에서 올라온 청년들이 너무

많아 대도시가 그를 집어삼켜 버린 모양이었다.

애나는 생각에 잠겨 있다 깜짝 놀랐다.

문에 난 소리는 뭐였지? 조용하고 소심하게 문을 두드리는 소리가 들렸다. 문에 달린 유리창으로 보니 간곡한 눈빛으로 벽난로 불빛이 새어 나오는 집안을 들여다보는 어떤 여자의 얼굴이 보였다.

여자가 팔에 안은 것, 떨어지는 눈발이 들어가지 않도록 가슴 쪽으로 바짝 품은 작은 포대기는 무엇일까?

농부의 아내가 다급히 문으로 다가가 외쳤다.

"세상에나! 이런 밤에 여기서 뭐 하고 있어요? 들어와요, 아기랑 불 쪽으로 와요!"

작은 포대기를 안은 여자가 족히 4센티는 될 만큼 두 눈을 휘둥그레 뜨고 엔더비와 그의 아내를 바라보며 들어왔다. 애나는 여자의 손에 결혼반지가 없는 것을 알아차렸다.

"이름이 뭐예요?" 농부의 아내가 물었다.

"캐롤라인이에요." 여자가 속삭이듯 말했는데 목소리 톤이 낮아서 이름 외에는 잘 들리지 않았다. 여자가 잠시 멈추다 이어 말했다. "쉴 곳이 필요해요. 아기를 좀 받아주셨으면 좋겠어요…"

애나가 아기를 받아 조심스럽게 내려놓은 다음 서둘러 물 한 잔과 도넛을 가져와 반쯤 얼어붙은 여자 앞에 내놓았다.

"먹어요. 일단 몸 좀 녹여요."

존이 자리에서 일어나며 말했다. "저렇게 어린아이는 여기 받아줄 수 없소."

애나가 애원했다. "존, 존. 좋은 책에 뭐라고 쓰여 있는지 기억해 봐요. '똑같은 것에 동등한 것이 다른 것에도 동등하다'잖아요!"

존이 다시 의자에 주저앉았다.

왜 캐롤라인은 결혼반지가 없을까?

그녀가 대도시의 거리를 터벅터벅 걷다가 너무 비통하고 괴로운 나머지 버렸기 때문이었다. 그녀가 소리쳤다. "왜! 남편이 교도소에 있는데 아내만 결혼반지를 끼어야 하지?"

그러고 나서 캐롤라인은 원래 머물던 집에서 아이와 함께 길을 떠났다.

그 후로는 상투적이고 슬픈 이야기가 펼쳐졌다.

그녀는 아기를 데리고 나가서 공원 벤치 위로 부드럽게 살살 내려놓았다. 그러고는 빠른 걸음으로 도망쳤다.

몇 분 후에 한 남자가 팔에 작은 포대기를 안고 캐롤라인을 쫓아와 숨을 헐떡이며 말했다. "실례합니다. 아기를 공원에 두고 가신 것 같은데요." 캐롤라인은 남자에게 고맙다고 인사했다.

다음에는 아기를 데리고 그랜드 센트럴 역 대기실로 가서 아기에게 다정하게 키스한 다음 간이식당 뒤쪽에 있는 선반 위에 내려놓았다.

몇 분 후에 한 경찰관이 뿌듯한 듯 환하게 웃으면서 아기를 엄마에게 데려다주었다.

"부인의 아기인 것 같습니다." 경찰관이 아기를 엄마에게 건네면서 말했다. 캐롤라인은 경찰관에게 고맙다고 인사했다.

다음번엔 아기를 월도프 아스토리아 호텔 데스크에 놓아두었고, 지하철 매표소에도 놓아두었다.

아기는 항상 되돌아왔다.

한두 번쯤 캐롤라인은 아기를 데리고 브루클린 다리에 가서 강에다 던져버렸다. 아기가 아래로 추락하는 도중 무엇인가가 엄마의 가슴을 뭉클하게 울렸던지 그녀는 급히 아래로 내려가서 아기를 강에서 건져냈다.

그러고 나서 캐롤라인은 아기를 데리고 시골로 갔다. 처음에는 길가에 버릴 생각이었다. 아기를 눈밭에 내려놓고 멀찍이 서서 아기 위에 우단담배풀 줄기를 던졌지만, 눈으로 덮인 작은 포대기를 보고 있노라니 또 무엇인가가 엄마의 모성애를 자극했다.

그녀는 아기를 다시 안고 길을 가며 계속 중얼거렸다.

"어딘가에는…, 아기에게 문을 열어 줄 친절한 집이 있을 거야." 얼마 후 그녀는 비틀거리는 걸음으로 그 농장에 도착했다.

참으로 친절한 마음씨를 가진 애나는 아무것도 묻지 않았다. 그녀는 아기를 조심스럽게 여행 가방 안에 내려놓았다. 캐롤라인이 응접실에 있는 침대로 안전히 들어가는 것을 지켜본 다음 자기 자리로 돌아왔다.

낡은 시계가 8시 20분을 알렸다.

그때 다시 문에서 노크 소리가 들렸다.

낯익은 동네 변호사가 안으로 들어왔다. 노란 개가죽에 양모를 덧대 만든 코트와 셀룰로이드 옷깃, 발목쯤 오는 부츠가 그 작은 방의 소박한 분위기와 대조를 이뤘다.

변호사가 물었다. "존 엔더비. 돈은 갚을 수 있나?"

농부가 대답했다. "퍼킨스 변호사님. 시간을 주시면 갚겠습니다. 그러니 도와주십시오. 5년만 더 주시면 마지막 한 푼까지 모두 갚겠습니다."

변호사가 부드럽지도 않은 개가죽 코트를 만지면서 말했다.

"존. 나도 그러고 싶지만 그럴 수가 없네. 이런 일은 보이는 것만큼 간단하지가 않거든. 지금 이 집을 담보로 잡고 있는 회사는 뉴욕의 대기업 '핀컴 앤 컴퍼니'이고, 그 작자들은 돈을 제날짜에 회수하지 않으면 자네라도 팔아버린다네. 나도 어쩔 수가 없어. 자, 이건 압류통지서네. 존, 나도 유감일세! 아니, 발효주는 사양하겠네. 일하려면 맑은 정신을 유지해야 하니까."라고 말하며 그는 눈밭으로 다시 서둘러 나갔다.

존은 의자에 침울하게 앉아 있었다. 난롯불이 차츰 꺼져갔다.

낡은 시계가 8시 반을 알렸고, 곧 8시 45분이 되자 천천히 종을 울렸다.

이윽고 엔더비가 자리에서 일어나 고리에 걸린 손전등을 집어 들며 말했다.

“압류되거나 말거나 나는 가축들을 보러 가야겠어.”

집을 지나쳐 마당에 선 그는 건너편 삼나무 습지에서 소용돌이치는 눈발을 물끄러미 바라보았다. 눈을 더 멀리 돌리자 어렴풋한 마을의 불빛이 보였다.

엔더비는 여기 농장에서 보낸 지난 40년을 생각했다. 척박한 땅을 개척했던 그 시절 그는 소박한 가구를 비롯해 집도 손수 만들었었다.

그는 습지를 바라보다가 한숨을 쉬었다.

엔더비가 보지 못했겠지만, 약 3킬로쯤 떨어진 습지 아래쪽에서 농가 쪽으로 다가오는 썰매가 있었다. 그 썰매엔 물개 가죽 코트를 입고 중절모를 쓴 남자가 타고 있었다.

식상하고 익숙한 영화 장면처럼 길가에서 어떤 물체를 하나씩 뒤집어가며 빤히 바라보는 남자의 얼굴이 달빛 아래 환히 웃고 있었다. 남자는 도로 초입에 말을 세우고는 허리에 둘러맸던 금화 백만 달러가 담긴 벨트를 풀어 금을 세고 있었다.

그 옆 습지 쪽 도로가 끝나는 어두운 수풀 속에는 몸을 웅크린 채 숨어 있는 다른 남자가 있었다. 그는 야생자두나무로 만든 육중한 곤봉을 손에 쥐고는 달빛을 받아 반짝이는 금화를 훔쳐보았다.

남자는 싱싱교도소 담벼락 안이 아니라면 어디서도 볼 수 없는 바싹 자른 머리와 주름이 깊게 팬 얼굴을 지니고 있었다.

썰매가 다시 출발하자 수풀 속 남자는 그 뒤를 끈질기게 따라붙었다.

그러는 사이 존 엔더비는 별채를 한 바퀴 둘러보았다.

그는 손전등의 번쩍이는 불빛에 눈을 깜빡이는 살진 소들에게 짚을 깔아주었다. 엔더비는 천생 농부였다.

돼지들 사이에 서서 한 마리씩 이름을 부를 때는 아주 잠깐이나마 자신의 처지를 잊을 수 있었다. 그러고 있으니 대출금을 청산하려고 돼지를 팔거나 심지어 소까지 팔 생각을 했던 것에 양심의 가책을 느꼈다. 다행히도 그는 유혹에 굴하지 않았다.

엔더비가 집에 도착했을 때 도로에는 썰매 한 대가 서 있었다. 문에 나와 있던 애나가 말했다.

"존. 당신이 헛간에 간 사이 낯선 사람이 왔는데, 하룻밤 묵을 곳이 필요하대요. 옷차림을 보니 도시 사람인 것 같아요. 거절하고 싶지 않아서 윌리엄 방에 묵으라고 했어요. 다시는 이런 일이 없을 거예요, 그리고 그 사람은 자러 들어갔어요."

"그럼. 거절하면 안 되지."

존 엔더비는 말을 헛간으로 데려다 놓은 다음 불 옆자리로 돌아와 애나와 철야에 돌입했다.

발효주의 독기는 머릿속에서 이미 사라진 지 오래였다. 그 자리에 가만히 앉아서 자정이 되면 무슨 일이 벌어질지 생각했다.

위층 방에서는 물개 가죽 코트를 입은 남자가 오랜 여독에 지친 나머지 걸치고 있던 옷차림 그대로 침대 위에 몸을 던져 드러누웠다.

그가 잠이 들며 중얼거렸다. "어떻게 모든 게 그대로지? 똑같이 낡은 방 하며 하나도 변하지 않았어. 더 허름해 보이는 것만 빼면…"

그의 눈에서 눈물이 흘러내렸다. 15년 전 집을 떠나던 때와 대도시에서 고생했던 지난 세월이 교차했다. 돈을 벌겠다는 원대한 꿈과 자신이 설립한 농업투자회사를 생각했다. 그 회사의 시스템은 막강한 자본력을 동원해 농부들에게 농장을 담보로 대출을 해 준 뒤 압력을 가해 마지막 한 푼까지 쥐어 짜내는 단순한 방식이었다.

그리고 이제 그가 약속을 지키러 벨트에 백만 달러를 품은 채 다시 돌아온 것이다.

그가 중얼거렸다. "내일이면 다 말할 거야. 크리스마스니까."

그러고 나서 윌리엄은…, 그렇다. 잠이 든 사람은 다름 아닌 윌리엄이었다!

시간이 흐르고 또 흘러 11시 30분이 되었다.

별안간 앉아 있던 애나가 깜짝 놀랐다.

문이 열리고 한 남자가 들어오자 그녀가 "헨리!"라고

소리쳤다. 헨리는 반갑게 그녀에게 달려왔고 이내 어머니와 아들은 꼭 껴안았다.

한밤중 손님은 싱싱교도소에서 온 헨리였다. 그는 어머니와의 약속을 지키려고 축제가 절정에 달했을 때 몰래 빠져나왔다.

반가운 포옹의 흥분이 가시고 나자 어머니가 말했다.

"이를 어쩌누, 헨리야. 좋지 않은 타이밍에 왔구나."

부부는 아들에게 농장의 담보대출 때문에 집이 파산할 위기를 말해주었다.

"게다가 너한테 줄 침대조차 없구나." 애나가 집을 찾아온 낯선 이들에 관해 말했다.

오갈 데 없는 여인과 아기, 그리고 하룻밤 묵을 곳을 청한 물개 가죽 코트를 입은 부유한 남자에 관해 알려주었다.

헨리는 부부가 남자에 관해서 하는 말을 골똘히 듣는 도중 아까 보았던 장면이 눈에 선하게 되살아났다.

"맙소사, 아버지. 그 남자예요!" 그가 크게 외치더니 목소리를 낮춰서 말했다. "아버지, 목소리를 낮추세요. 위층에 있는 남자가 물개 가죽 코트를 입고 중절모를 쎴다고 했지요?"

"그래." 아버지가 대답했다.

"아버지! 삼나무 습지에서 그 남자가 썰매에 앉아 있는 걸 봤어요. 손에 돈을 들고는 하나씩 세면서 싱긋 웃고 있었는데, 5달러짜리 금화로 무려 1,125,465달러하고 25센트였어요."

아버지와 아들은 서로를 바라보았다.

"네 생각을 잘 알겠다." 엔더비가 엄숙하게 말했다.

"놈을 목 졸라 죽이는 거예요." 헨리가 말했다.

"아니면 곤봉으로 때려죽이고 빚을 갚자꾸나." 엔더비가 말했다.

애나는 슬픔과 기쁨과 희망이 교차하는 표정으로 아들과 남편을 번갈아 보더니 이내 자랑스럽게 말했다.

"헨리, 내 아들아. 네가 방법을 찾아낼 줄 알았다."

헨리가 명랑한 목소리로 숨죽여 말했다. "이리 오세요. 어머니는 램프를 들고, 아버지는 곤봉을 드세요."

그리고 셋은 살며시 위층으로 올라갔다.

낯선 사람이 잠에 곯아떨어져 있었다. 가족이 들어갔을 때 남자는 뒤통수만 보였다.

"자, 여보." 엔더비가 단호히 말했다. "램프를 조금 더 가까이 들어봐. 귀 뒤쪽으로 말이야. 헨리, 이제 네 차례다."

"아니에요." 헨리가 소매를 걷어 올리며 영리하고 권위 있는 말투로 말했다. "아버지, 턱을 날려버려야 해요. 그게 더 빠르고 깔끔해요."

아버지가 자랑스럽게 미소를 지으며 대꾸했다. "그럼, 그럼. 아들아, 너는 계획이 다 있구나. 아무렴, 네가 제일 잘 알겠지."

헨리가 곤봉을 높이 들었다.

곤봉을 높이 들 때…, 잠깐, 방금 무슨 소리였지? 삼나무 습지 뒤로 멀리서 마을 교회의 종소리가 자정을 알리며 낮게 울려 퍼지기 시작했다.

한 번, 두 번, 세 번, 종소리는 상쾌한 공기를 가르며 점점 더 선명해졌다. 거의 동시에 아래층의 시계도 자정을 알리며 낮게 울리기 시작했다.

농장의 닭장에서는 수탉이 열두 번 울었으며, 소가 낮게 음매 하고 우는 소리와 돼지가 부드럽게 꿀꿀거리는 소리가 평화와 온정의 메시지와 함께 크리스마스 아침이 왔음을 알리는 것 같았다.

헨리의 손에서 곤봉이 떨어져 바닥에서 달그락거렸다.

자던 사람이 깨어나 침대에 앉더니 외쳤다.

"아버지! 어머니!"

"아들아, 내 아들아!" 아버지가 흐느껴 울며 말했다.

"우린 넌 줄 알고 있었다. 널 깨우러 온 거야."

"예, 저예요, 아버지." 윌리엄이 부모에게 미소를 지으며 말했다. "그리고 제가 백만 달러를 가지고 왔어요. 여기 있어요." 그 말과 함께 윌리엄은 허리춤에서 벨트를 풀어 테이블 위에 백만 달러를 올려놓았다.

"정말 고맙구나!" 애나가 소리쳤다. "우리 고민도 이제 끝이로구나. 이 돈으로 빚을 청산할 수 있게 됐어. 그러면 탐욕스러운 핀컴 앤 컴퍼니가 이제 우리를 해치지 못할 거야."

"농장이 저당 잡혔다고요?" 윌리엄이 혼비백산하여 물었다.

"그렇단다. 양심도 없는 인간들에게 압류되어 하마터

면 그놈들 손에 무덤까지 갈 뻔했지 뭐냐. 네 엄마가 얼마나 늙었는지 좀 봐라."라고 말하며 엔더비가 애나를 가리켰다.

"아버지." 윌리엄이 깊이 회개하는 말투로 말했다. "제가 핀컴 앤 컴퍼니예요. 하느님, 절 구원하소서! 이제야 알겠어요. 그간 어떤 고통의 대가로 제가 돈을 모았는지 깨달았어요. 이 백만 달러는 부당하게 대우한 사람들에게 모두 돌려줄게요."

어머니가 달래듯 부드럽게 말했다. "아들아, 너는 진정한 기독교인의 마음으로 회개하고 있잖니. 그거면 충분해. 돈은 가지고 있어도 된다. 우리가 그 돈을 신탁금으로, 그것도 신성한 신탁금으로 여길게. 그리고 우리를 위해 1달러씩 쓸 때마다 그 돈을 신탁금으로 생각하마."

아버지도 부드럽게 말했다. "그래, 네 엄마 말이 맞아. 그 돈은 신탁금이니, 우리가 그걸로 농장에 가축을 사들이고 존스네 땅을 사들이고 나면 그 모든 것을 신탁금으로 생각하마."

바로 이 순간 방문이 벌컥 열리더니 여자의 형체가 보

였다. 캐롤라인이 애나의 프랑스풍 잠옷을 입고 서 있었다.

"당신 목소리를 들었어요." 그녀가 헨리를 보고 크게 울음을 터트렸다. "여보!"

"여보!" 헨리는 그녀를 품에 꼭 껴안았다.

"싱싱에서 탈출했어요?" 캐롤라인이 기쁨에 겨워 외쳤다.

"맞아, 캐롤라인. 이젠 절대 돌아가지 않을 거야."

다시 모인 가족이 흥겹게 아래층으로 내려갔다. 애나가 램프를 들고, 헨리가 곤봉을 들었으며, 윌리엄은 백만 달러를 들었다.

낙엽송 불이 난로 위에서 다시 타올랐다. 발효주가 손에서 손으로 전해졌다. 윌리엄과 헨리는 자신들의 모험을 말하고 또 말했다. 크리스마스 아침의 첫 햇살이 창 안으로 스며들었다.

존 엔더비가 말했다.

"자, 아들들아. 이제부터 우리는 가늘고 길게 살자꾸나. 좋은 책에 이르기를 '직선은 양 극점 사이에 반듯하게 놓인 선이다'라고 하더구나."

10화. 석면 옷을 입은 사나이

우선 내가 일부러 그랬다는 것부터 인정하겠다. 아마 조금은 질투심 때문이었을 것이다.

다른 작가들이 마음만 먹으면 4, 5백 년쯤은 거뜬히 잠에 빠졌다가 다이빙하듯 먼 미래로 곤두박질쳐서 그 경이로운 세계의 목격자가 되고 마는 상황이 부당해 보였다고나 할까.

나도 그렇게 하고 싶었다.

나는 늘 그래왔고, 지금도 사회 문제를 열정적으로 연구한다. 굉음을 내는 기계와 노동자 계층의 끊임없는 노역, 계층 간의 갈등, 빈곤 문제, 전쟁, 잔학 행위가 만연한 오늘날의 세상을 볼 때마다 나는 간담이 서늘해진다.

그래서 언젠가 반드시 다가올 미래, 자연을 정복하고

일에 지친 인류가 평화롭게 안식하는 그런 미래를 몽상하기를 좋아한다.

그런 미래를 생각하는 것이 좋았고, 그런 세상을 간절히 보고 싶었다.

그래서 그 일을 일부러 시작했다.

적어도 2, 3백 년 정도 잠이 든 후에 깨어나면 눈앞에 경이로운 미래 세계가 펼쳐져 있기를 바랐다.

그리하여 미래로의 잠을 준비했다.

우선 재미있는 책이라면 삽화가 있는 책을 포함해 닥치는 대로 사들였다. 그리고 돼지고기 파이와 도넛 수십 개와 함께 책들을 호텔 방으로 가지고 갔다.

파이와 도넛을 먹은 다음 침대에 앉아서 책을 한 권씩 읽었다. 마침내 소름 끼치는 무기력이 스멀스멀 엄습해오는 것을 느낄 때쯤 〈런던 위클리 타임스〉에 손을 뻗어 눈앞에 사설란을 펼쳤다.

어떤 면에서는 명백히 자살로 향하는 지름길이었지만 나는 그 짓을 자행했다.

감각이 서서히 무뎌지는 것을 느낄 수 있었다. 복도 건너편 방에서 어떤 남자의 노랫소리가 들렸다. 창문

너머로 크게 들렸던 노랫소리가 점점 희미해졌다. 나는 끝을 헤아릴 수 없고, 외부 세계의 존재 자체를 모를 만큼 한없이 고요하고 깊은 잠에 빠졌다. 그 속에서 희미하게 여러 날, 여러 해, 여러 세기가 지나가는 것을 느꼈다.

그러다 별안간 잠에서 깼고, 벌떡 일어나 주위를 둘러보았다.

여기가 어디지?

방안에 아무도 없었으므로 혼잣말을 하는 게 당연했다.

나는 넓은 소파 위에 누워있었다. 허물어져 가는 듯한 크고 어두운 음침한 방 안이었다. 유리 케이스와 그 안에 진열된 사람 크기의 모형들로 보아 일종의 박물관인 것 같았다.

내 옆에는 민머리에 늙지도 젊지도 않아 보이는 어떤 남자가 앉아 있었다. 그는 불에 그슬렸지만, 형태는 그대로인 잿빛 종이 같은 재료의 옷을 입었다. 남자는 특별히 놀라거나 관심을 보이지도 않은 채 나를 말 없이 바라보고 있었다.

나는 마음이 앞서 다급히 말했다. "빨리 말해주시오. 여긴 어디요? 당신은 누구요? 올해는 몇 년도요? 3000년? 아니면 몇 년이오?"

남자가 짜증스러운 표정으로 숨을 들이쉬고는 말했다.

"당신은 정말 이상하고 흥분된 방식으로 말을 하는군요."

내가 다시 물었다. "말해주시오. 그래서 올해가 3000년이요?"

"무슨 말인지 알아듣겠지만, 몇 년도인지는 정말로 모릅니다. 적어도 그 정도는 됐을 겁니다. 아마 100년쯤 오차가 있을 수는 있겠지만요. 하지만 연도를 기록하거나 세지 않은 지 오래라 정확히 말하기 어렵습니다."

"이제 더는 연도를 사용하지 않는단 말이오?" 숨이 턱 막힌 내가 물었다.

"예전에는 사용했지요. 1, 2세기 전만 해도 연도를 사용하려고 했던 사람들이 꽤 많았다고 기억하는데, 결국 연도도 한물간 다른 것들과 함께 사라져버렸습니다. 그런데…" 남자가 처음으로 목소리에 생기를 띠며 물었다. “그건 어디다 쓰시려고요? 아시다시피 인류가 죽음을 없앤 후로는…”

“죽음을 없애다니!” 내가 허리를 곧추세우며 소리쳤다. “맙소사!”

“방금 그 표현은 뭡니까?” 남자가 신기하다는 듯 질문했다.

“맙소사!” 내가 반복해 말했다.

“그런 말은 처음 들어보네요. 하지만 인류가 죽음, 음식, 변혁을 없애버린 후로 사실상 사건도 사라졌고, 그래서…”

“잠깐!” 한 대 얻어맞은 듯 몹시 어지럽고 혼란스러웠던 내가 말했다. “한 번에 한 가지씩 말해 보시오.”

그가 내뱉듯 말했다. “허, 참! 알겠습니다. 당신은 꽤 오랫동안 잠들었었나 보군요. 그러면 질문을 해 보세요. 다만 최대한 조금씩 물어보되 흥분하지 마십시오.”

매우 기이하게도 내 입에서 튀어나온 첫 번째 질문은 이러했다. “그 옷은 무엇으로 만들었소?”

남자가 대답했다. “석면입니다. 석면은 수백 년을 가지요. 각자 한 벌씩 갖고 있지만, 새 옷을 원하는 사람을 위해 수십억 벌이 쌓여있답니다.”

“고맙소. 이제 여기가 어디인지 말해주겠소?”

“박물관입니다. 케이스 안에 진열된 모형들은 당신 같은 표본이지요. 하지만 당신이 눈 앞에 펼쳐진 새로운 세계에 관해 정말 알고 싶다면, 거기서 내려와 브로드웨이로 나가서 벤치에 앉아 보세요.”

나는 진열대에서 내려왔다.

우리는 어둡고 먼지를 뒤집어쓴 건물들을 통과했다.

지나갈 때마다 유리 케이스 안에 있는 모형들을 신기한 듯 바라보았다.

“세상에나!” 벨트를 차고 경찰봉을 든 파란 옷의 모형을 보고 내가 소리쳤다. “경찰관도 있구려!”

새로 사귄 친구가 말했다. “정말 궁금해서 그러는데 경찰관은 뭘 하던 사람이었습니까? 자주 궁금했거든요. 무엇 때문에 경찰관이 필요합니까?”

“무엇 때문에?” 내가 적잖이 당황하여 따라 말했다.

“글쎄…, 거리 모퉁이에 서 있었소만.”

남자가 말했다. “아하, 알겠습니다. 사람들을 쏘려고 서 있었군요. 과거 당신 시대의 사회적 관습에 대해 무지한 것을 양해해 주시기 바랍니다. 제가 교육받을 때 사회의 역사에 관해 수술을 받았는데, 당신들이 사용했던 물건들은 매우 열등하더군요."

나는 남자가 무슨 말을 하는지 당최 알아들을 수 없었지만, 물어볼 겨를이 없었다. 거리로 나오자마자 눈앞에 펼쳐진 광경에 깜짝 놀라 얼어붙은 듯 서 있었기 때문이다.

브로드웨이! 어떻게 이런 일이 일어날 수 있을까? 브로드웨이의 변화는 너무나도 소름 끼쳤다! 내가 알던, 자동차 소음이 요란한 도로가 이토록 조용하고 이끼 가득한 황량한 모습으로 변하다니! 거대한 빌딩들은 여러 세기 동안 비바람을 맞으며 폐허가 되었고, 건물 옆면은 온통 곰팡이와 이끼로 뒤덮였다.

그곳은 쥐 죽은 듯 고요했다. 차 한 대도 움직이지 않았다. 머리 위에는 전선이 없고, 생명체의 어떤 움직임이나 소리도 없었다. 다만 옆에 있는 친구처럼 똑같이 민머리에, 나이를 가늠할 수 없는 표정의 사람들이 똑같은 석면 옷을 입은 채 여기저기서 앞뒤로 천천히 지나가고 있을 뿐이었다.

하느님 맙소사! 이것이 내가 그토록 보고 싶던 '정복의 시대'였던 것이다! 이유는 모르겠지만, 나는 당연히 인류가 늘 계속 발전할 운명이라고 여겨왔다. 우리 문명이 폐허가 되어 황량하게 남은 광경을 보니 말문이 턱 막혀버렸다.

거리 여기저기에는 작은 벤치가 놓여 있었다. 우리는 벤치에 앉았다.

석면을 입은 남자가 말했다. "당신이 기억하는 시대보다 개선되지 않았습니까?"

그는 꽤 자랑스럽게 말하는 것 같았다.

내가 숨을 고르고 간신히 질문했다. "시내 열차와 자동차들은 어디에 있소?"

"아, 오래전에 사라졌습니다. 보나 마나 아주 끔찍한 물건들이었을 겁니다. 그 소음 하며!" 그러면서 몸을 떨자 그가 걸친 석면 옷이 바스락거렸다.

"그렇다면 당신들은 어떻게 돌아다니시오?"

"돌아다니지 않습니다. 왜 그래야 합니까? 다른 곳에 있으나 여기 있으나 똑같은데요." 그가 한없이 지루한 표정으로 나를 보았다.

그 말을 들으니 질문이 천 가지쯤 머릿속에 떠올랐지만, 그중 가장 간단한 질문을 했다.

"그렇다면 직장에는 어떻게 출퇴근하시오?"

"직장이라! 직장은 물론이고 일이라는 것도 없습니다. 다 끝났지요. 마지막 일이 몇 세기 전에 모두 사라졌습니다."

나는 잠시 입을 떡 벌리고 그를 보았다. 그러고는 고개를 돌려 석면 옷을 입은 사람들이 여기저기 움직이고 있는 황량한 잿빛 거리를 다시 보았다.

나는 정신을 가다듬으려 애썼다. 이 새롭고 꿈에도 생각지 못했던 미래의 미스터리를 풀려면 그것에 체계적으로, 한 걸음씩 다가가야 한다는 것을 깨달았다.

잠시 말을 멈추었다가 내가 말했다. "내가 살던 시대 이후로 중대한 일이 벌어졌다는 것은 잘 알겠소. 그것에 관해 당신에게 체계적으로 물어보고 싶은데, 하나씩 설명해줄 수 있겠소? 먼저, 일이 없어졌다는 말이 무슨 뜻이요?"

기이한 친구가 대답했다. "그러니까, 저절로 소멸했다는 말입니다. 기계들이 일을 없앴지요. 내가 정확히 기억하고 있다면, 당신네 시대에도 어느 정도 기계가 있었던 것 같은데요. 당신들은 증기를 매우 잘 활용했고, 전기로 좋은 출발점을 만들었지요. 복사 에너지는 거의 사용하지 않았던 것 같지만요."

나는 고개를 끄덕여 동의를 표했다.

"하지만 당신들은 곧 기계가 쓸모없음을 알게 됐습니다. 기계가 좋아질수록, 더 열심히 일했습니다. 많이 가질수록 더 많이 원했지요. 삶의 속도가 점점 더 빨라졌습니다. 당신들은 힘겨워 소리를 질렀지만, 기계는 멈추지 않았습니다. 당신들이 스스로 만든 기계의 톱니바퀴에 갇혀버린 거지요. 끝이 보이지 않았습니다."

내가 말했다. "그건 정말 맞는 말이요. 그런데 당신은 그 모든 걸 어떻게 알았소?"

석면을 입은 남자가 대답했다. "아, 내가 교육받을 때 그 부분이 잘 수술 되었지요. 내가 무슨 말을 하는지 잘 모르시겠군요. 신경 쓰지 마세요, 그건 나중에 말씀드리겠습니다. 자, 그다음엔 아마 당신 시대가 지나고 거의 2백 년쯤 후에 '자연의 위대한 정복 시대'가 열려, 마침내 인간과 기계가 승리를 거두게 되었습니다."

“인간과 기계가 자연을 정복했단 말이오?” 내가 재빨리 질문함과 동시에 오랫동안 품었던 희망이 실현되었다는 전율이 혈관을 타고 짜릿하게 퍼졌다.

남자가 대답했다. “정복했지요. 때려눕혔습니다! 자연과 싸워서 멈추게 했습니다! 상황이 하나씩 전개되더니 점점 더 빨리 진행되었고 마침내 백 년 후에는 모두 종료되었습니다. 사실 인류가 욕구를 늘리기보다 줄이는 쪽으로 에너지를 쏟자마자 모든 일이 쉬웠습니다. ‘화학 식품’이 첫걸음이었습니다. 그 간단함이란 정말 획기적이었지요! 당신 시대에는 수십억 명이 아침부터 밤까지 밭을 갈고 땅을 파 경작했지요. 저도 ‘농부’라고 불리는 사람들의 표본을 봤습니다. 박물관에도 한 명 있답니다. 그러나 ‘화학 식품’을 발명한 이후 우리는 몇백 년간 먹을 만큼 충분한 양을 1년도 안 돼 상점에 비축하게 되었습니다. 농업이 그렇게 사라지게 되었죠. 먹는 것과 그에 관련된 행위들도 사라졌고, 가사 노동, 집안일도 모두 끝나버렸습니다. 요즘엔 농축된 알약 하나를 1년에 한 번 정도 먹으면 그걸로 끝입니다. 당신도 알고 있겠지만, 소화기관이란 것이 사용을 거듭하며 진화해서 백파이프처럼 부풀어 올라 꼴사납기 그지없었지요!"

나는 끼어들고 싶은 욕구를 억누를 수 없었다. "그럼 당신과 이 사람들은 위가 없고, 소화기관이 전혀 없단 말이오?"

"물론 있지요. 하지만 특정한 목적으로 그것을 사용합니다. 내 기관은 주로 교육으로 가득 차 있답니다. 그런데 잠깐만요! 이따 얘기할 내용을 또 미리 말하고 있네요. 내가 말하는 대로 그냥 내버려 두시는 게 좋겠습니다. '화학 식품'이 첫 주자였는데, 그것이 직장과 일의 3분의 1을 없애버렸고, 그다음에 '석면 옷'이 등장했습니다. 정말 굉장한 발명이었지요! 1년 안에 인류는 영원히 입을 수 있을 만큼 충분한 옷을 만들게 되었습니다. 당연히 그것은 여자들의 폭동과 패션의 몰락을 불러왔습니다."

"패션이 사라졌다니, 돈을 낭비하는 그 미친 짓이…"

나는 화려한 드레스의 허영심과 쓸모없음에 관해 오래전부터 늘어놓던 비난을 막 시작하려던 참이었으나, 석면을 입고 움직이는 사람들이 눈에 띄어 말을 멈췄다.

"모두 사라졌지요." 석면을 입은 남자가 말했다. "그 다음으로 우리는 날씨 변화를 거의 없애버렸습니다. 당신 시대에는 얼마나 많은 일이 날씨라 불리는 변화 때문에 발생하는지 제대로 이해했을 것 같지 않군요. 날씨가 바뀌면 갖가지 특별한 옷과 집과 피신처가 필요하고, 엄청나게 많은 일을 해야 합니다. 당신 시대는 얼마나 끔찍했을까요? 바람과 폭풍, 엄청나게 큰 수분 덩어리, 그걸 뭐라고 불렀지요? 아, 구름. 하늘 위를 떠다니던 구름 하며 소금으로 가득 찬 바다 하며, 그렇지 않습니까? 바람에 날리고 찢기고, 눈발이 사방천지로 날리고, 우박과 비, 아…, 소름 끼쳐!"

내가 대답했다. "가끔은, 매우 아름답기도 하오만. 그런데 날씨를 어떻게 바꿨소?"

석면을 입은 남자가 대답했다. "날씨를 죽였습니다! 매우 간단했어요. 하나가 다른 하나에 미치는 힘을 느슨하게 바꾸고, 바닷물의 성분을 변형시켜 표면을 거의 젤리처럼 만들었습니다. 자세히 설명할 수는 없어요. 학교에서 제가 받은 수술에는 포함되지 않았으니까요.

하지만 보시다시피 하늘이 잿빛이 되었고, 바다는 고무색깔이 되었으며 날씨는 항상 동일해졌습니다. 그러자 연료와 주택, 날씨와 관련된 끝없는 일들이 사라지게 되었지요!"

그는 잠시 말을 멈췄다. 나는 그간 일어났던 진화 과정을 조금은 이해하기 시작했다.

"그래서 자연을 정복하자 곧바로 할 일이 더는 없어졌다는 말이구려?"

"맞습니다. 하나도 남지 않았지요."

"모두가 먹을 음식은 충분하오?"

"너무 많이 있습니다."

"집과 옷도 있소?"

"원하는 건 뭐든지요." 석면을 입은 남자가 손을 들며 말했다. "저기 있습니다. 가서 가지면 됩니다. 물론, 줄어들고 있긴 합니다. 천천히, 아주 천천히. 하지만 수백 년 쓸 만큼은 있으니, 아무도 걱정하지 않습니다."

그때 나는 처음으로 예전의 삶에서 일이 가진 의미를 생각했고, 삶에서 얼마나 많은 부분이 치열한 노력과 긴밀하게 묶여있는지를 깨달았다.

나는 이내 고개를 들어 위를 쳐다보다가 이끼가 덮인 건물 꼭대기에서 전화선의 잔해처럼 보이는 것을 발견하고 물었다.

"전화기와 모든 통신시스템은 어떻게 됐소?"

석면을 입은 남자가 대답했다. "아, 저게 전화기에 쓰이던 것이지요? 몇 세기 전에 사용이 금지되었습니다. 그런데 전화기란 어디에 쓰는 겁니까?"

내가 열심히 설명했다. "그러니까, 전화기 덕분에 우리는 누구와도 대화할 수 있었소. 얼마나 멀리 살든, 언제든 전화를 걸어 얘기할 수 있었소."

"그렇다면 누구든지 당신에게 전화를 걸어 언제든지 말할 수 있었습니까?" 석면을 입은 남자가 경악을 금치 못하는 표정으로 물었다. "끔찍하기도 하지! 당신네 시대는 정말로 끔찍하고 고약했던 게 분명하군요. 어쨌든, 전화기와 나머지 모두, 그리고 모든 교통수단과 의사소통 체계가 줄어들다가 마침내 금지되었습니다. 모두 의미 없는 일이었으니까요. 당신은 잘 모르겠지만 당신 시대 이후의 사람들은 점점 더 이성적으로 바뀌었습니다. 철도를 예로 들어보면 그게 무슨 소용이 있겠습니까? 철도는 한 도시 사람들을 또 다른 도시로 데려다주었다지요. 누가 이동하기를 원하겠습니까? 아무도 원치 않았습니다. 일이 사라지고 상업이 끝나버리고, 음식도 필요 없고, 날씨까지 죽어 버린 상태에서 이동은 어리석은 짓이었습니다. 그래서 모두 다 종료되었습니다. 어쨌든…" 그가 얼핏 불안감이 밀려오는 눈빛으로 목소리까지 살짝 떨면서 말했다. "이동은 위험한 짓이니까요!"

내가 물었다. "그렇소! 위험하지! 당신들은 아직도 위험이란 게 있소?"

"물론 있지요. 항상 부러질 위험이 있습니다."

"그건 무슨 말이오?" 내가 물었다.

"그건 아마 당신들이 죽었다고 말하는 것과 비슷할 겁니다. 물론, 어떤 면에서는 지난 몇 세기 동안 죽음이 없었긴 했지요, 우리가 없애버렸으니까. 질병과 죽음은 단시 세균의 문제였습니다. 우리는 세균을 하나씩 찾아냈지요. 당신네 시대에도 큰 세균은 한두 개 정도 발견했다고 기억합니다만."

나는 고개를 끄덕였다.

"그렇지요. 당신들은 디프테리아와 장티푸스를 발견했고, 내 기억이 맞는다면 성홍열과 수두처럼 바이러스라 부르는 질병도 발견했고, 아직 의심조차 못 하는 다른 세균도 있을 겁니다. 우리는 그것들을 하나씩 사냥해서 모두 파괴했습니다. 옛 시대가 온통 세균덩어리였다는 생각을 당신들 누구도 하지 못했다는 사실이 참으로 신기할 따름입니다! 결국엔 꽤 간단한 것으로 드러났지만, 세균을 없애는 조치는 너무나 광범위해서 당신은 짐작조차 못 할 겁니다."

나는 소스라치게 놀라 석면을 입은 남자를 보며 소리치듯 물었다. "그렇다면 지금은 영원히 산단 말이오?"

그가 대답했다. "그렇게 특이하고 쉽게 흥분하는 방식으로 말하지 않길 바랍니다. 마치 모든 일이 어마어마하게 중요한 것처럼 말하는군요. 그렇습니다. 우리는 영원히 삽니다. 물론, 부러지지만 않는다면요. 그런 일이 가끔 일어나는데, 높은 장소에서 떨어지거나 무언가에 부딪히면 똑 부러지고 맙니다. 제 생각에는 아직도 남아있는 옛 시대의 세균 때문인 것 같지만, 어쨌든 우린 잘 부러지는 편이니 조심해야 합니다. 사실 모든 사고를 없애는 단계에 도달할 때까지는 이런 종류의 사고가 우리 문명의 가장 비참한 특징이라고 말할 수밖에 없군요. 우리는 열차와 자동차, 비행기와 같은 모든 이동수단을 금지했습니다. 당신네 시대의 위험이란…" 그의 석면 옷이 떨렸다. "소름 끼치도록 끔찍했던 게 분명합니다."

나는 난생처음으로 내가 살던 시대에 대해 일종의 자부심을 느끼며 대답했다. "그건 사실이오만, 우린 그 위험이 용감한 사람들이 감내해야 할 의무라고 생각하…"

"그래요, 그래." 석면을 입은 남자가 못 참겠다는 듯 말을 잘랐다. "제발 흥분하지 마십시오. 무슨 말인지 알아듣겠습니다. 흥분하는 건 어리석은 짓입니다."

우리는 오랫동안 조용히 앉아 있었다. 나는 허물어져 가는 빌딩들, 단조롭고 변함없는 하늘, 음울하고 텅 빈 거리를 바라보았다. 위대한 정복의 결실이 여기 있었다. 일의 제거, 배고픔과 추위의 종식, 변화와 죽음의 몰락이 여기 있었다. 그야말로 행복의 새천년이 여기 있었다. 그러나 어찌 된 일인지 뭔가 잘못된 것처럼 보였다.

곰곰이 생각하던 나는 대답을 듣고 그 답을 생각할 겨를도 없이 두세 가지 질문을 빠르게 쏟아냈다.

"지금은 전쟁이 없소?"

"몇 세기 전에 다 끝났습니다. 슬롯머신에 관한 국제적인 소유권 분쟁을 해결하기 위해 벌어졌지요. 그 후로 외국과의 모든 거래가 사라졌습니다. 왜 거래를 하겠습니까? 모두가 외국인을 끔찍이 싫어합니다."

"지금은 신문이 없소?"

"신문이라! 도대체 그런 것들이 왜 필요하겠습니까? 신문이 필요하다면 쌓여있는 수천 장의 옛날 신문을 언제든지 읽을 수 있습니다. 하지만 신문에 '일어났다고' 쓰인 내용이라고는 전쟁과 사고, 일과 죽음뿐입니다. 이런 것들이 사라지면서 신문도 함께 사라졌답니다. 잘 들어보세요."

석면을 입은 남자가 계속 말했다. "당신은 사회 개혁자나 뭐 그 비슷한 사람이었던 모양인데 새로운 삶을 전혀 이해하지 못하는군요. 우리의 모든 부담이 얼마나 완벽하게 사라졌는지 이해하지 못하는 것 같습니다. 이런 식으로 생각해봅시다. 당신네 시대 사람들은 인생

초반부를 뭐 하는 데 썼지요?"

"뭐, 우리 때는 열다섯 무렵까지 교육을 받았소."

"그렇지요. 이제 어떻게 우리가 그 점을 개선했는지 좀 보십시오. 이 시대의 교육은 수술로 이루어집니다. 교육이 단지 외과수술에 불과하다는 것을 당신 시대에는 아무도 알아차리지 못했다는 사실이 참 신기합니다. 당신들이 했던 교육이란 것은 길고 고통스러운 정신적 활동을 통해 뇌 안쪽을 천천히 개조해서 곡선을 만들고 꼬불꼬불하게 했던 것뿐임을 당신들은 깨닫지 못했습니다. 배운 모든 것이 뇌에 물리적 변화를 불러왔습니다. 당신들은 그걸 알았지만, 그 결과는 충분히 알지 못했습니다. 그러다 수술식 교육이 발명되었습니다. 두개골 내부를 열어서 미리 준비된 뇌의 일부와 접목하는 간단한 시스템입니다. 물론, 처음에는 죽은 사람들의 뇌를 사용해야만 했을 겁니다. 정말 무시무시한 일이지요."

이쯤에서 석면을 입은 남자가 나뭇잎처럼 바르르 떨었다.

"하지만 곧 그들은 실제 뇌와 똑같이 작동하는 모형

을 만드는 법을 알아냈지요. 그 후로는 식은 죽 먹기였습니다. 몇 분간의 수술만으로 시나 외국어, 역사나 그 밖에 갖고 싶은 지식이라면 무엇이든 머리에 집어넣을 수가 있었습니다. 예를 들어 여기는…"

그가 머리 옆면의 흉터를 보여주며 덧붙였다.

"구면 삼각법(구면 천문학에서 좌표를 환산할 때 필요한 수학적인 계산법-옮긴이)을 삽입했던 흔적입니다. 솔직히 말해 조금 아팠지만, 영문학 시나 역사와 같은 다른 학문은 하나도 아프지 않게, 넣은 줄도 모르게 삽입했습니다. 귀로 들어서 배우는 당신들의 고통스럽고 미개한 교육 방식을 생각할 때마다 나는 소름이 돋습니다. 이상하게도 우리는 최근에야 비로소 다른 학문을 교육할 때 반드시 머리를 사용할 필요가 없다는 사실을 발견했습니다. 철학, 형이상학을 비롯한 학문들은 예전에 소화기관이었던 장기에 꽂아 넣으면 됩니다. 소화기관은 매우 훌륭히 지식을 채워줍니다."

그는 잠시 멈추었다가 이어 말했다.

"그렇다면, 교육받는 나이가 지나면 당신들은 시간과 노력을 어디에 쏟았습니까?"

내가 대답했다. "그다음엔 당연히 일을 해야 했고, 그리고 사실대로 말하자면 시간과 감정의 많은 부분을 이성을 향해 바쳤다오. 사랑에 빠지고 인생을 공유할 여자를 찾는 데 쏟았소."

석면을 입은 남자가 진심으로 흥미를 보이며 말했다.

"아, 당신네 여성과의 결합에 관해 들어본 적 있습니다만, 전혀 이해가 안 되더군요. 말해주세요. 여자들을 골랐다고 하셨지요?"

"그렇소."

"그래서 그 여자가 당신이 아내라고 부르는 사람이 되었습니까?"

"당연히 그렇소."

"그래서 아내를 위해 일했습니까?" 석면을 입은 남자가 경악을 금치 못하며 물었다.

"그렇소."

"그렇다면 아내는 일하지 않았습니까?"

"하지 않았소, 어쩌면." 내가 대답했다.

"그런데도 당신이 가진 재산의 절반이 아내 것이었습니까?"

"그렇소."

"그리고 아내는 당신 집에 살면서 당신 물건을 사용할 권리가 있었습니까?"

"물론이오." 내가 대답했다.

"끔찍하기도 해라!" 석면을 입은 남자가 말했다. "지금까지 당신 시대가 그 정도로 끔찍한 줄 몰랐습니다."

남자는 전과 같은 소심한 표정으로 앉아서 살짝 몸을 떨었다.

그때 별안간 거리에 있는 사람들이 모두 똑같아 보였다는 사실이 떠올랐다.

"말해보시오. 이제 여자는 없소? 여자들도 모두 사라졌소?"

석면을 입은 남자가 대답했다. "오, 아닙니다. 여자들도 똑같이 여기 있습니다. 저 사람 중 몇 명은 여자입니다. 보시다시피 지금은 모든 것이 바뀌었을 뿐입니다. 모든 일이 여자들의 대폭동, 그러니까 남자와 똑같아지겠다는 욕망 때문에 일어났지요. 그건 당신 시대에 시작되지 않았습니까?"

내가 대답했다. "아주 일부였소. 여자들이 남자들과

동등한 평등을 요구하기 시작했소.”

남자가 말했다. “정확한 단어가 생각이 나지 않습니다만 바로 그겁니다. 당신들 시대의 여자들은 희한한 존재였던 것 같습니다, 그렇지 않나요? 죽은 동물로 만든 요란한 색깔의 깃털과 장식으로 온몸을 휘감지 않았습니까? 이를 드러내며 웃기도 하고, 호시탐탐 남자들을 감언이설로 구슬려 그따위 결혼 서약을 받아 내다니! 쳇!”

그가 몸서리를 쳤다.

“석면!” 달리 뭐라 불러야 할지 몰랐으므로 나는 그를 그렇게 부르며 분노가 가득한 목소리로 대들었다. “석면! 당신은 저 거리에서 젤리 같은 민머리를 반짝이며 잿빛 통 같은 옷을 걸친 당신네 평등한 존재를, 결점투성이에 교정되지는 않았어도 우리 신이 만든, 통이 좁은 롱스커트를 걸친 20세기의 여인들과 감히 비교한단 말이오?”

그러자 갑자기 다른 생각이 머릿속에 불쑥 떠올라 물었다.

“아이들은, 아이들은 어디에 있소? 있기나 한 거요?”

그가 대답했다. "아이들, 당연히 없지요! 그런 것이 존재한다는 사실을 적어도 백 년은 듣지 못했습니다. 틀림없이 소름 끼치게 짓궂은 작은 도깨비들이었을 겁니다! 엄청나게 큰 얼굴로 계속 울어대고! 게다가 버섯처럼 자라기까지 한다면서요? 그렇지요? 한 해 한 해 쑥쑥 길어졌을 겁니다. 그리고…"

나는 벌떡 일어났다.

"석면! 이것이 우리에게 다가오는 문명이자 새천년이란 말이오? 일과 부담이 그 즐거움이나 달콤함과 함께 모조리 사라진 이토록 지루하고 죽어있는 세상이! 그 옛날 고군분투하던 시절과 비교하면 위험과 죽음 대신 영원히 정체되어 있고, 지루할 만큼 안전하며, 끝없이 쇠퇴할 공포만 남았잖소! 내게 돌려주시오."

나는 두 팔을 삭막한 하늘 위로 활짝 펼치며 소리쳤다. "위험과 스트레스, 힘든 노역, 씁쓸한 운명과 그로 인한 상심이 가득한 예전 삶을 돌려주시오. 그 중요성을 이제 알겠소! 그 값어치를 이제 알겠소! 쉴 틈이 없는 삶을 돌려주시오!" 내가 큰소리로 외쳤다.

"알겠어! 하지만 복도를 같이 쓰는 다른 사람들한테는 쉴 틈을 주라고!" 내 의기양양한 외침에 끼어든 어떤 성난 목소리가 외쳤다.

갑자기 잠이 싹 달아났다.

나는 사악하고 부산한 옛 세계의 소음이 웅성거리는 호텔 방으로 돌아와 있었다. 복도 너머로는 분개한 남자의 목소리가 쩌렁쩌렁 울렸다.

"그만 좀 나불거려라, 이 지긋지긋한 수다쟁이야. 이제 현실로 돌아오시지!"

나는 현실로 돌아왔다.

끝.

"문학이 들려주는 삶의 지혜와 즐거움"

RAINBOW PUBLIC BOOKS

난센스 노벨

발행일 초판 1쇄 2020년 12월 4일

발행인 박성범
지은이 스티븐 리콕
옮긴이 허선영
편집 강수진, 김호준
디자인 서은주
마케팅 이선영
발행처 레인보우 퍼블릭 북스
등록 제2018-000140호

주소 서울시 송파구 올림픽로 336, 1501호
전화 02-415-9798 팩스 0504-209-1941
이메일 submit@rpbooks.co.kr
ISBN 979-11-90978-06-4 (03840)

- 이 도서의 국립중앙도서관 출판예정도서목록(CIP)은 서지정보유통지원 시스템 홈페이지(http://seoji.nl.go.kr)와 국가자료종합목록 구축시스템 (http://kolis-net.nl.go.kr)에서 이용하실 수 있습니다. (CIP제어번호 : CIP2020049336)
- 책값은 뒤표지에 있습니다.
- 파본이나 잘못 인쇄된 책은 구입하신 서점에서 교환해 드립니다.